EIN ABEND IM CLUB

Christian Gailly

EIN ABEND IM CLUB

Roman

Aus dem Französischen
von Doris Heinemann

Berlin Verlag

Reue, ich?
Nein, sagte er.

Für Suzie, und nur für sie

* Der Maler Dominique Ingres (1780–1867) war berühmt auch für sein Geigenspiel. *Le violon d'Ingres* steht franz. für Liebhaberei, Hobby.

I.

Das Klavier war für Simon Nardis nicht eine Liebhaberei, nicht sein *violon d'Ingres**. Es war für ihn viel mehr als die Geige für Ingres. Das Klavier war für ihn das, was die Malerei für Ingres war. Wenn Ingres das Malen aufgegeben hätte, wäre das schade gewesen. Dass Simon Nardis das Klavierspielen aufgab, war schade.

Nach diesem Verrat ging er wieder seinem vorherigen Beruf nach. Man müsse sich ernähren, hieß es. Wohnen, sich rein halten. Im Sinne von chemisch rein. Vor allem aber ging es um das Auf-sich-Halten. Dem der Jazz weniger förderlich ist. Und Simon Nardis war Jazzpianist. Vergessen, der Welt aus dem Blick und abhanden geraten, begegnet er uns hier und heute, am Abend vor einem langen Wochenende.

Die Fabrik, um die er sich kümmern sollte, lag am Meer. Noch nie hatte seine Arbeit ihn an einen Ferienort geführt. Zum ersten Mal hatte es ihn in einen Ort verschlagen, der Industriestadt und Seebad in einem war. Dass er am Meer lag, ist nicht unerheblich. Das Meer spielt in dieser Geschichte durchaus eine Rolle.

Simon Nardis' Arbeit. Ich werde ihn nur noch Simon

nennen. Das ist einfacher. Er war mein Freund. Simons Arbeit bestand nicht darin, die Stimmung in einem Club anzuheizen und die Herzen seiner Zuhörer zu erwärmen, sondern Fabrik- und Lagerhallen, Werkstätten und Labors. Arbeiter, kostbares Material und sogar Tiere auf einer Temperatur zu halten, die reibungslosen Betrieb, Werterhalt und lange Lebensdauer gewährleistete.

Erlernt hatte Simon diesen Beruf, als er noch ein ganz junger Amateurpianist war und auf kleinen Volksfesten auftrat. Er gab ihn auf, als er Profi wurde. Und kehrte zu ihm zurück, als er aus gesundheitlichen Gründen zu spielen aufhörte. Nennen wir es ruhig gesundheitliche Gründe. Ganz so einfach war es natürlich nicht.

Eine industrielle Heizungsanlage in Gang zu setzen und vor allem einzustellen, ist ebenfalls nicht so einfach. Wer interessiert sich schon für Technik? Und doch muss man über sie reden. Ihretwegen nämlich hat Simon seinen ersten Zug verpasst.

Probleme waren aufgetreten. Sie mussten gelöst werden, an Ort und Stelle und sehr rasch. Ein langes Wochenende stand bevor. Man konnte nicht vier Tage damit warten. Hochverderbliche, auf Temperaturschwankungen empfindlich reagierende Güter waren in Gefahr. Sie waren ein Vermögen wert.

Der Ingenieur der Firma kam nicht zurande. Er konnte die Pannenursache nicht finden. Und bat Simon um Hilfe. Simon fand das natürlich großartig, sich nützlich machen, den Kunden zu Hilfe eilen, das machte ihm den Job erträglich. Gewiss, aber. Es war Donnerstag Abend. Simon sollte mit Suzanne, seiner Frau, für einige Tage zu Suzannes Mutter, seiner Schwiegermutter, fahren, das Übliche eben.

Ich komme morgen mit dem Zug um 10.40 Uhr, sagte er dem Ingenieur. Holen Sie mich ab und machen Sie sich vor allem keine Sorgen, wir kriegen das schon hin. Meinen Sie?, fragte der andere, sein Job stand auf dem Spiel. Aber natürlich, es ist sicher nur eine Kleinigkeit, wir müssen sie lediglich finden, bis morgen also, und versuchen Sie sich ein wenig auszuruhen, sagte Simon, dabei wusste er, dass der Ingenieur, ein netter Kerl, die ganze Nacht weitersuchen würde.

Am Nachmittag des nächsten Tages, gegen 16 Uhr, also etwa eine Stunde vor der Abfahrt von Simons Zug zurück nach Paris, war der Fehler immer noch nicht behoben. Sie hatten die Ursache zwar lokalisieren können, doch die Anlage streikte nach wie vor. Irgendein Thermostat, der nicht oder schlecht oder nur nach eigenem Belieben reagierte und daher falsche Signale aussendete. Sie mussten herausfinden, warum.

Ich werde meinen Zug verpassen, dachte Simon und sah dabei den Ingenieur an, der seinerseits Simon ansah und dachte: Er wird mich hängen lassen, er muss zu seinem Zug. Wann geht der nächste Zug?, fragte Simon. Ich weiß nicht, sagte der Ingenieur, heute Abend ziemlich spät, glaube ich. In Ordnung, sagte Simon, ich nehm den Abendzug, wir müssen das hinbekommen.

Der Ingenieur jubilierte: Wunderbar, sagte er und schlug

Simon dankbar auf die Schulter. Freude schafft menschliche Nähe. Er entschuldigte sich. Diese Erleichterung. Er wisse gar nicht, wie er seine Dankbarkeit zum Ausdruck bringen solle. Simon riet ihm, keinen weiteren Gedanken daran zu verschwenden. Ich muss meiner Frau Bescheid sagen, sagte er, kann ich mal telefonieren?

Die beiden verließen die von Auskühlung bedrohten Hallen und gingen zum Büro des Ingenieurs. Der Schreibtisch war unter Plänen verschwunden. Der Ingenieur lüpfte den überlappenden Rand eines riesigen blauen elektrischen Schaltplans. Hier ist das Telefon, sagte er und zog sich taktvoll zurück.

Er nutzte die Gelegenheit und ging zum Waschraum. Das hatte er sich schon seit zwei Stunden verkniffen. Er hatte sich nicht vom Ort des Geschehens entfernen wollen. Auch nicht für einen einzigen Augenblick den Anschein erwecken wollen, er sei an dem Problem nicht interessiert. Idiotisch. Vor einem Urinal oder einem Spiegel kann man wunderbar weiter nachdenken, vielleicht sogar besser, wird behauptet, na ja, lassen wir das.

Suzanne war zu dieser Zeit noch an ihrem Arbeitsplatz. Suzanne hatte eine Führungsposition. Ich werde sie einfach Suzanne nennen. Das ist einfacher. Sie war meine Freundin. Die Frau meines Freundes Simon wurde auch meine Freundin. Das ist nicht immer der Fall, aber hier war es der Fall. Manchmal betrachtet die Frau Ihres Freundes Sie als Feind. Aber so war es nicht. Der Feind war der Jazz. Der hätte ihren Mann fast umgebracht.

Suzanne leitete in der Zweigniederlassung eines Automobilherstellers die Verwaltungs- und Buchhaltungsabteilung. Das Telefon in ihrem Büro klingelte. Sie war nicht da. Sie war beim Chef. Sie brauchte eine Unterschrift. Sie hatte die Tür ihres Büros offen gelassen. Einer ihrer Kollegen hörte das Klingeln bis in sein eigenes Büro. Er ging hin und nahm ab.

Madame Nardis ist nicht an ihrem Platz, sagte er. Auf die Frage, ob für länger, antwortete er, ich weiß nicht, aber dann fiel ihm plötzlich ein, Suzanne hatte ihm im Vorbeigehen ein Ich-bin-beim-Chef hingeworfen, er jedoch, ganz in seine eigene Arbeit versunken, hatte nicht einmal aufgeblickt, sondern nur genickt, als wolle er sagen, jaja, schon gut.

Sie ist beim Chef, sagte er. Sagen Sie ihr bitte, sie möchte mich zurückrufen, sagte Simon, ich gebe Ihnen die Nummer, einen Moment bitte. Er wandte sich fragend um. Der Ingenieur war noch nicht von der Toilette zurück. Simon rief nach ihm. Lauter als beabsichtigt. Wahrscheinlich wegen der Anspannung. Der Ingenieur kam angerannt, freudig, er glaubte, Simon habe die Lösung gefunden. Was haben Sie hier für eine Nummer?, fragte Simon.

Suzanne trat aus dem Büro ihres Chefs. Sie wandte sich noch einmal halb um. Drückte die Unterschriftenmappe an sich. Übrigens, sagte sie, heute Abend können Sie nicht mit mir rechnen, ich hole meinen Mann vom Bahnhof ab.

Sie kehrte in ihr Büro zurück. Der Kollege rief ihr etwas zu. Er stand auf und kam zu ihr. Er hielt einen Zettel in der

Hand. Sie möchten Ihren Mann unter dieser Nummer zurückrufen, sagte er. Aha, dachte Suzanne. Sie schloss die Tür hinter sich und rief Simon an.

Sag bloß nicht, dass du länger bleiben musst, sagte sie, bitte, sag bloß das nicht. Doch, leider, sagte Simon, genau das sage ich, aber es dauert nicht mehr lange, ich nehme den Abendzug, hol mich nicht ab, es wird bestimmt sehr spät.

Um wie viel Uhr?, fragte Suzanne. Ich weiß nicht, sagte Simon, das kann mir hier kein Schwein sagen. Simon sah ihn an. Der Ingenieur fühlte sich sofort angesprochen. Simon legte die Hand über die Sprechmuschel. Der Ingenieur verstand. Und antwortete mit einer Handbewegung.

Man wird es für mich herausfinden, sagte Simon, wenn du einen Augenblick Zeit hast, bleib dran, oder ich ruf dich noch mal an, wie du möchtest, na ja, und ansonsten, bei dir alles in Ordnung? Ich versinke in Arbeit, sagte Suzanne. Du Arme, sagte Simon. Allerdings, sagte Suzanne. Moment, da kommt die Auskunft, sagte Simon.

22.58 Uhr, verkündete der Ingenieur.

Ich nehme ein Taxi, sagte Simon, warte nicht auf mich, leg dich lieber schlafen. Na gut, sagte Suzanne, aber verpass den bitte nicht auch noch, denk dran, wir wollen morgen wegfahren.

Eine gewisse Verstimmung beschlich Suzanne, sie verscheuchte sie und vertiefte sich wieder in ihre Arbeit. Ich kann heute Abend doch noch ein wenig länger bleiben, sagte sie zu ihrem Chef. Er ließ sich von ihr ein Dossier erläutern, nachdem er ohne anzuklopfen in ihr Büro gekommen war. Über vieles war sie weit besser informiert als er. Ehrlich gesagt, ohne sie war er verloren.

Das war auch Simon, ohne sie verloren. Zumindest wäre er es in der Vergangenheit gewesen. Verloren im Sinne von tot. Ohne sie wäre er tot gewesen.

Mitten in der Nacht, es war schon lange her, bei einer Auslandstournee, hatte er sie aus einem Hotelzimmer angerufen. Simons Stimme klang nach Tod. Suzanne hörte die Gefahr. Sie holte ihn ab. Sie brachte ihn zurück, schloss ihn ein, pflegte ihn.

Die Ankunftszeit des Zugs war bekannt. Die Heimfahrt geregelt. Die beiden Männer machten sich wieder an die Arbeit. Wer interessiert sich schon für Technik? Sagen wir einfach, sie fanden bald heraus, warum die Anlage nicht richtig funktionierte. Und brachten es zu Wege, dass sie wieder richtig funktionierte. Das Ganze dauerte zwei Stunden.

Sie müssen ja vor Hunger sterben, sagte der Ingenieur. Er selbst starb vor Hunger. Simon sah ihn wortlos an, sehr müde, er war nicht mehr weit von der Rente entfernt. Sie gehörten zu den Letzten, die die Fabrik verließen.

Suzanne verließ die Zweigniederlassung als Allerletzte. Sie hatte sich einschließen lassen. Das kam häufig vor bei ihr. Wenn ich arbeite, vergesse ich die Zeit, sagte sie oft. Simon kam ja sowieso noch nicht zurück. Sie hatte keinen Anlass, sich Gedanken zu machen.

Der Wachmann musste die Tür der Eingangshalle aufschließen, um sie hinauszulassen. Schönen Abend, Madame Nardis, sagte er und tippte an seinen Mützenschirm, wahrscheinlich hatte er diese Geste - amerikanischer Cop und schönes Wochenende - aus dem Fernsehen.

2.

Sie ist durchaus etwas Besonderes, die Luft in einem Industriegebiet an der See.

Während des ganzen Weges über den Fabrikparkplatz sog Simon diese Luft ein. Gleich wäre er in ein Auto eingesperrt, in das des Ingenieurs, das meistverkaufte Mittelklassemodell Frankreichs, hergestellt von der Firma, bei der Suzanne angestellt war, man kam nur schwer aus dem Gewohnten heraus.

Es war sogar der gleiche Wagen, den auch Suzanne hatte, als Dienstwagen, in einer anderen Farbe zwar, aber der gleiche Wagen, dasselbe Modell. Simon dachte an sie. Wäre doch schön, wenn sie auch hierher käme, dann könnten wir gemeinsam die Seeluft genießen, träumte er.

Im Wagen des Ingenieurs roch es nach Baby. Simon drehte sich um. An die Lehne der Rückbank war ein Kindersitz gegurtet. Ihre Frau wartet doch bestimmt auf Sie, mit dem Kind. Ich habe ihr gesagt, dass ich später komme, sagte der Ingenieur, ich habe ihr gesagt, ich würde noch mit Ihnen zu Abend essen. Und das glaubt sie Ihnen?, fragte Simon. Natürlich, sie vertraut mir.

Umso besser, umso besser, dachte Simon. Hoffentlich bleibt es so, dachte er noch hinterher, dann fragte er: Junge oder Mädchen? Mädchen, ich mag Mädchen lieber, sagte der Ingenieur. Das trifft sich gut, dachte Simon. Ich auch, sagte er. Wenn mein Sohn mich hören könnte, dachte er, wäre er mir böse.

Er erinnerte sich an den Tag, als er nach einer Tournee endlich einmal dazu gekommen war, ihn zum Kindergarten zu bringen. Er erinnerte sich an die leichte Last auf seinen Schultern und an den Geruch. Kinder riechen gut, sagte er. Nicht immer, der Ingenieur lachte. Die Atmosphäre dieses automobilen Kinderzimmers stimmte Simon weich.

Er sah die noch von der Geburt erschöpfte blutjunge Suzanne vor sich. Pass gut auf meinen Sohn auf, hatte er ihr gesagt, bevor er sich wieder auf die Landstraßen begab.

An einer ihrer Kehren tauchte kurz das Meer auf, dann ging es wieder ins Landesinnere. Sie werden sehen, es ist ein sehr gutes Restaurant, sagte der Ingenieur.

In jedem Fall war es hübsch. Eine Art Gasthaus alten Stils, das sich an ein efeubewachsenes Hotel schmiegte. Ende Mai oder Anfang Juni, Einbruch der Dämmerung, der Himmel noch hell, es muss ein schönes Licht auf den Steinen der kleinen Häusergruppe gelegen haben. Eine Kiesallee führte zu ihr. Die Gärten atmeten Gesundheit.

Der Wirt ein großer, korpulenter Rotschopf. Der Speisesaal leer. Wahrscheinlich noch zu früh. Wir sind die Ersten, sagte der Ingenieur. Es ist ruhig heute, sagte der Wirt. Umso besser, dachte Simon, dann müssen wir nicht lange warten.

Es roch gut. Die Einrichtung Holz, nur Holz. Rosa gewürfelte Tischdecken, auf den Regalen Trophäen, an den Wänden Ölschinken.

Leise Musik. Die Boxen waren gut versteckt, Simon konnte sie nirgends entdecken. Suchen Sie etwas?, fragte der Ingenieur. Ich frage mich nur, woher die Musik kommt. Aus Brasilien, antwortete der Ingenieur. Sehr komisch, dachte Simon, der junge Mann hat durchaus Witz, er hat seine gute Laune wiedergefunden.

Besagte leise Musik war eine Endlosschleife brasilianischer Standards, Samba, Bossa Nova, Simon mochte so etwas. Er konnte sich noch an die Zeit erinnern, als diese Musik den Jazz infiziert hatte. Auch er hatte sich daran versucht. Ohne großen Erfolg. Die Brasilianer machen es sehr gut. Nur sie können es wirklich gut. Ein überaus verschleppter Swing voller vorgezogener und nachschlagender Noten, endlos zurück- und hingehaltener Synkopen, das ist ihre Spezialität. Simon hörte zu und spürte, wie sein Körper in Bewegung geriet. Er trank einen Schluck Wein.

Seit seinem Verrat aus gesundheitlichen Gründen hatte er nichts mehr angerührt, keinen Tropfen Alkohol. Mit Suzanne mied er die Orte, an denen es Musik gab. Die Orte, an denen getrunken wurde. Oft sind es dieselben Orte. Simon spürte eine leichte, kaum wahrnehmbare Wellenbewegung seines Rückens. Er trank einen Schluck Wein.

Der Ingenieur seufzte: Ich dachte schon, wir würden es nie schaffen, sagte er. Und seufzte noch einmal: Ihnen verdanke ich, dass ich ein schönes Wochenende vor mir habe.

Er streckte sich. Dann kann ich – er zählte alles auf, was er würde tun können: sich um seine Frau kümmern, um seine Tochter, um seinen Garten, der im Frühjahr viel Pflege brauche. Und meine Briefmarken sortieren, sagte er.

Aha, Sie sind also Philatelist, sagte Simon. Er dachte an Suzanne. Sie ärgert sich bestimmt darüber, dass mir etwas dazwischengekommen ist. Das auch wieder nicht, sagte der Ingenieur, aber ich interessiere mich für Briefmarken, das ja, schon von früher Kindheit an; meine Mutter hat mich darauf gebracht, sie hob sie immer für mich auf, sie bekam viel Post aus aller Herren Länder.

Simon war versucht, ihm den Gefallen zu tun und zu fragen, was seine Mutter denn für einen Beruf gehabt habe, wieso sie so viel Post aus der ganzen Welt bekommen habe. Er ließ es sein. War dann im Gegenzug versucht, ihm zu erzählen, er habe es auf seinen Reisen nie versäumt, Suzanne eine Karte oder einen anderen Gruß zu schicken, weil er wusste, dass sie dem Kleinen die Briefmarken schenkte. Er ließ es sein. Das hätte ihn an die Zeit erinnert, als für ihn noch alles in Ordnung war. Er ließ es sein. Er hatte keine Lust, sein Leben zu erzählen.

Vor lauter Dankbarkeit erzählte ihm der Ingenieur das seine. Erzählte es Simon, der es ihm gerettet hatte. Ich schulde Ihnen mein Leben. Es gehört Ihnen. Sie haben es sich verdient, es kennen zu lernen.

Während er zuhörte, dachte Simon: Warum sind wir immer so verschieden voneinander? Wie kommt es, dass ich mich immer langweile? Er ist natürlich viel jünger, aber trotzdem. Und Sie?, fragte der Ingenieur. Haben Sie eine Liebhaberei, ein *violon d'Ingres*?

Nein, sagte Simon, kein *violon*. Gar nichts?, fragte der Ingenieur. Was machen Sie dann in Ihrer Freizeit? Nichts, sagte Simon, ich schlafe, ich lese, ich höre Musik. Was für Musik?, fragte der andere. Kommt darauf an, sagte Simon. Er fragte sich, ob das Abendessen wohl noch lange dauern würde. Sie waren fast fertig.

Ja, natürlich, sagte der Ingenieur, aber was hören Sie im Allgemeinen am liebsten? Dieser junge Mann ist sehr nett, aber ich finde ihn entschieden langweilig, dachte Simon. Kommt der Kaffee noch? Ja, gleich. Kleinen Augenblick.

Er konnte einfach nicht still sein. Der Hintergrundmusik lauschen. Oder sich ganz einfach an der Farbe des Himmels freuen, gerade war er nachtblau, fast schwarz, aber der Ingenieur hakte noch einmal nach:

Was für Musik? Simon hätte lieber nicht geantwortet. Andererseits war der Junge nett. Man konnte ihm nichts vorwerfen. Simon zögerte einen Augenblick, und dann, mit unvermeidlicher Grimasse, der eines schwarzen Clowns, antwortete er: Jazz.

Er log. Er hörte ihn nicht mehr. Er hörte nur noch die andere, die schöne, die große, die klassische, die akademische Musik. Seit seinem Verrat hörte er sie. Der Swing fehlte ihm, aber mangels Swing stopfte er sich mit Schönheit voll. Hätte er bloß die Wahrheit gesagt.

Der Ingenieur sah auf die Uhr. Der Ingenieur hatte immer noch das Gefühl, ihm etwas schuldig zu sein. Immer noch war er darauf aus, sich zu bedanken. Seine Dankbarkeit bedurfte noch einer weiteren Geste, bevor sie sich erschöpft hätte.

Ich kenne da einen Club in der Stadt, der ist gar nicht so schlecht. So?, fragte Simon. Ja, sagte der andere mit so etwas wie einem verschwörerischen Funkeln in den Augen: Was halten Sie von folgendem Vorschlag: Wir trinken da noch einen, und dann setz ich Sie am Bahnhof ab. Nun?

Das wäre zu überlegen, dachte Simon und sah seinerseits auf die Uhr. Stimmt das, es ist 21.15 Uhr? Ja, sagte der Ingenieur, so in etwa. Ist es weit bis zu Ihrem Club? Eine Viertelstunde, sagte der Ingenieur.

Simon überschlug die Zeit: Bis wir da sind, dachte er, ist es 21.30 Uhr. Wir bleiben eine Stunde und dann gehen wir. Das ist machbar. Hast du überhaupt Lust dazu? Ja, dachte er, es wird mir gut tun. Und außerdem würde Suzanne nichts davon erfahren: Einverstanden, sagte er, aber nur eine Stunde, nicht länger.

3.

Simon war auf ein letztes Glas in einer tristen Provinzbar gefasst. Und danach sah es auf den ersten Blick auch aus.

Während der Ingenieur zum dritten Mal versuchte, seinen Wagen in eine Lücke einzuparken, in die zwei von derselben Bauart gepasst hätten, seiner und Suzannes, betrachtete Simon das Clubschild.

Ein aus dem Wasser springender Delfin. Der fröhliche Kopf des Meeressäugers, die Hälfte seines Bauchs, die Wellenlinie des Meeres, alles war in einem einzigen grünen Neonstrich gezeichnet. Und sollte tatsächlich jemand, dachte Simon, am Rande der Übelkeit und nahezu seekrank, weil die ergebnislosen Parkmanöver des Ingenieurs ihn mitsamt dem gerade genossenen Abendessen immer wieder vor- und zurückwarfen, sollte tatsächlich, zwang er sich zu denken, jemand Zweifel an der Identität des Tiers und der Farbe der Neonröhre haben, steht da ja auch noch groß und breit und in Buchstaben aus ebendenselben grünen Neonröhren »Le Dauphin vert«. Gehen wir?, fragte der Ingenieur ein wenig atemlos.

Sie überquerten die Straße. Er klagte über seine schmerzenden Arme. Das verstehe ich nicht. Was? Dass dieser Wagen keine Servolenkung hat, sagte der Ingenieur. Darüber beschwert sich meine Frau auch immer, sagte Simon. Tatsächlich? Ja, sie hat den gleichen Wagen. Gehen wir rein?, fragte der Ingenieur. Deshalb sind wir doch hier, oder?, dachte Simon.

Eine Viertelstunde Fahrt, fünf Minuten Einparken, es war 21.35 Uhr. Uns bleibt einfach nicht genug Zeit, dachte er und betrachtete die auf ihn zukommende Tür. Was soll's, gehen wir rein. Ich glaube kaum, dass hier Musiker auftreten. Und wenn doch, ist es noch zu früh. Die fangen normalerweise gegen 22 Uhr an, frühestens. Zu meiner Zeit jedenfalls war es so. Na ja, macht auch nichts, dann warten wir eben. Wenn überhaupt welche da sind. Und sonst hören wir Platten. Wann ging noch mal mein Zug? 22.58 Uhr? Oder?

Die Tür ließ eine unterdrückte, eine wütende, weil eingeschlossene Musik frei. Es hätte irgendwelches Gedudel sein können, es war Coltrane. Wenn man so etwas beim Reinkommen voll abkriegt, erschüttert es einen. Simon war erschüttert.

Wie gewöhnlich zerpflückte der Tenorsaxofonist ein altes Thema. Das Thema war kaum wiederzuerkennen. Coltrane schon, den hätte man unter Tausenden erkannt, an seiner Art, alles zu verjüngen, bevor er es tötete.

Simon hörte versteinert zu und dachte, während er zuhörte, was er immer gedacht hatte: Voilà, das nennt man Stil. Und ich?, dachte er, er konnte kaum weitergehen, so voll war es. Hatte ich einen Stil? Zumindest wurde es behauptet. Ja, schon, aber was die Kritiker dachten, und was ich wusste. Kurzum, der Ingenieur ging vor ihm her.

Simon sah ihn mit der müden Schönen verhandeln, die hinter dem Tresen die Stellung hielt. Das traf es wirklich. Sie schien ihren belagerten Tresen zu verteidigen. Es ist voll, dachte Simon, ich bin müde, gehen wir doch einfach wieder.

Der Club im Keller ist offen, sagte der Ingenieur. Die Musiker kommen erst um zehn. Was machen wir? Simon sah auf die Uhr. Es war zwanzig vor zehn. Wie lange brauchen wir von hier bis zum Bahnhof?, fragte er. Zehn Minuten, erwiderte der Ingenieur.

Gut, sagte Simon, wir gehen runter, trinken etwas, warten auf die Musiker, hören eine halbe Stunde zu und gehen, wär Ihnen das recht? Mir? Aber ja!, erwiderte der Ingenieur, als wollte er sagen, Sie wissen doch, für Sie tu ich alles. Also gehen wir, sagte Simon.

Der Ingenieur bahnte sich einen Weg durch die Menge, die Leute hatten sich wegen des Andrangs am Tresen mit ihren Gläsern hingestellt, wo gerade Platz war. Dann kam eine Schwingtür, eine Treppe nach unten, eine weitere Schwingtür, und dann traten sie ein.

Da wären wir, dachte Simon. Nett hier, hätte er denken können. Hätte es denken können wie jeder andere Jazzfan auch, der einen neuen Ort ausfindig macht, an dem seine Lieblingsmusik gespielt wird. Ja, das hätte er denken können. Aber Simon war nicht irgendein Jazzfan, er gehörte zu denen, die Jazz machen, ihn gemacht haben, ihn gemacht haben werden. Was also dachte oder vielmehr fühlte er, als er in die Atmosphäre dieses Clubs eintauchte, eine rote Atmosphäre, es war ein sanftes, aber recht düsteres Rot, gemildert jedoch von dem hellen Rot der Schirme der kleinen Tischlämpchen?

Ich weiß es nicht. Er konnte es mir nicht richtig sagen. Ich war völlig durch den Wind, sagte er. Wie ein Kranker ließ er sich vom Ingenieur zu einem Tisch führen. Er blickte nicht nach vorn. Er blickte seitwärts auf die leere Bühne. Gar nicht leere Bühne. Nur menschenleer. Leer von ihm, und das würde sie bleiben.

Eine Bühne voller Instrumente. Nicht groß, und von einem Haufen Instrumenten ausgefüllt. Klein, und von nur drei Instrumenten ausgefüllt. Piano, Kontrabass, Schlagzeug. In Simons Augen die schönstmögliche Formation.

Ein herrlicher schwarzer Stutzflügel. Ein Kontrabass, der schon viele Stöße abbekommen hatte, sein rötlicher Lack war überall abgesprungen. Ein komplettes Schlagzeug, Becken und mit grünen Pailletten verzierte Trommeln.

Simon blieb stehen, er sah den Flügel an.

Er dachte erst ans Hinsetzen, als der Ingenieur ihn fragte, was er trinken wolle. Der Barkeeper stand da und wartete. Eine Gestalt in Schwarz-Weiß. Keinen Alkohol, hätte der gut abgerichtete Simon fast geantwortet, auf keinen Fall Alkohol, nie wieder Alkohol, aber dann kam er zu sich wie jemand nach einer Gehirnwäsche und bestellte Wodka mit Eis.

Auf dem Gesicht des Ingenieurs drückte sich so etwas wie Genugtuung aus. Ich habe ihm wirklich jeden Gefallen getan, dachte er. Simon schwieg. Schon ein wenig berauscht, noch bevor er getrunken hatte, betrachtete er das Piano. Das ist der Wein vom Abendessen, sagte er sich. Für die anderen Gäste hatte er keinen Blick übrig. Etwa zehn oder zwölf an den Nachbartischen.

Alle warteten geduldig. Fast schweigend, nur manchmal ein leises Wort wechselnd. Der Ingenieur hingegen sah sich die Leute an, dann Simon, dann die Leute, lächelnd, dann wieder Simon, der sich fragte: Was red ich bloß mit ihm, bis die Getränke kommen?

Um 21.50 Uhr trafen die drei Musiker ein. Sie kommen zu früh, dachte Simon, umso besser. Himmel, sind die jung. Da sind sie, sagte der Ingenieur. Das seh ich, dachte Simon.

Entspannt und noch ein bisschen witzelnd, bevor sie anfingen. Das wenigstens hatte sich nicht geändert. Dieser Hang, ständig Witze zu reißen. Die ewigen geschmacklosen Witze der Jazzmusiker.

Sie waren also zu dritt. Ein Klaviertrio. In Simons Augen die schönstmögliche Formation. Drei völlig verschieden aussehende Jungs. Der Pianist: ein schöner, großer junger Mann mit Brille, die ihm das Aussehen eines amerikanischen Kernphysik-Nobelpreisträgers verlieh. Der Bassist: ebenfalls groß, aber ein verrückter Kerl mit rasiertem Blondschädel. Der Schlagzeuger: sehr dunkelhaarig, Mongolenschnurrbart, klein und untersetzt. Hervorragende Musiker.

Beim ersten Sirren des Beckens, als der Schlagzeuger sich auf seinen Platz setzte, beim ersten Schwingen der Kontrabasssaiten, als der Bassist sein Instrument stimmte, bekam Simon schon Gänsehaut. Kurzer Blickwechsel, ein letztes Lächeln, und los ging's. Mit einem klassischen Jazz-Standard, *On Green Dolphin Street*, mit dem sie jeden Set anfingen und abschlossen.

Allein, wie der Pianist das Thema vorstellte und wie er dann, vor allem als er zu improvisieren begann, in einer ganz bestimmten Weise auf sein Solo zuspielte, es ankündigte, einführte, seinen ganzen Charakter von Anfang an klarstellte, allein dies versetzte Simon, so sagte er mir, in einen eigenartigen Gemütszustand.

Ich, der ich Ihnen gerade die kurze Geschichte von Suzanne und Simon erzähle, bin Maler. Ich weiß nicht, was ich bei einem Gemälde empfände, das die perfekte Nachbildung eines meiner Bilder wäre, dergleichen ist mir nie passiert.

Oder was ein Schriftsteller bei der Lektüre eines Buches empfände, dessen Stil den seinen perfekt nachbildet. Ich weiß es einfach nicht. Aber ich weiß, denn er hat es mir erzählt, dass sich Simon dabei außerordentlich unwohl fühlte. Das verstehe ich. Ganz unmittelbar und ohne es näher begründen zu können. Seit so vielen Jahren seiner selbst beraubt, wagte er gar nicht in Begriffen von Raub und Enteignung zu denken. Was er dachte, war nur: Wenn ich das an seiner Stelle spielen würde, dann würde ich es genauso spielen wie er.

Er hatte schon so lange nicht mehr gespielt. Man verliert die Erinnerung an sein Spiel. Man vergisst, dass man vielleicht einen Stil hatte. Aber während er dem jungen Pianisten zuhörte, wurde Simon nach und nach klar, dass er, der andere, der junge, spielte wie er, wie er selbst einst gespielt hatte.

Simon hatte also einen Stil, ich beharre so sehr auf diesem Punkt, weil ich glaube, dass Simons Zweifel daran sehr zu seinem Verrat beigetragen haben. Einen Stil, der Spuren hinterlassen hatte, und zwar so tiefe, dass er junge Pianisten hatte beeinflussen können.

Und noch etwas. Simon hat es nie zugeben wollen, aber seine Art zu spielen hat die Rolle des Klaviers im Jazz gewaltig verändert. Das war's schon, was ich sagen wollte. Dann hat er es verraten. Und wurde vergessen. Und das umso schneller, als er gestört hatte. Mich nicht. Niemand wusste, was aus ihm geworden war. Ich schon. Wir sind Freunde geblieben. Und deshalb erzähle ich weiter.

4.

Jazzliebhaber lassen sich grob in zwei Kategorien einteilen, die ruhigen und die zappeligen. Der Ingenieur schnippte mit den Fingern. Er wippte mit dem Fuß. Er nickte heftig mit dem Kopf. Was Simon hasste. Er war kurz davor, ihn anzubrüllen. Doch er hatte Bedenken. Der Ingenieur hatte sich sämtliche Beine ausgerissen, um ihm einen Gefallen zu tun. Er hatte das Abendessen bezahlt, den Wein und gerade eben den Wodka, er zappelte herum, weil ihm die Musik gefiel, und auch weil er daran teilhaben wollte, immer noch aus dem Drang heraus, ihm seine Dankbarkeit zu bezeugen. Simon verzichtete darauf, ihm die Laune zu verderben.

Die drei jungen Leute spielten gut. Es lief anstandslos. Man weiß nie genau, warum es gut läuft, aber wenn es gut läuft, merkt man es. Simon wusste, warum. Die drei da vorn sind sehr gut, dachte er, der Jazz braucht mich nicht mehr. Kaum hatte er es gedacht, wäre er am liebsten gegangen.

Es war 22.20 Uhr. Aber der Gedanke wegzugehen, ohne den Flügel berührt zu haben, machte ihn krank. Er wollte spielen. Und fühlte sich zugleich nicht in der Lage, seinen Nachahmer nachzuahmen, jetzt und auf der Stelle wieder das Niveau dieses jungen brillanten Jazzers zu erreichen. Ich bin zu alt, dachte er.

Überholt, das war er. Sein Sohn hatte ihn schon in vielen Bereichen überholt. Das hatte zwar nichts miteinander zu tun, aber dennoch. Überholt von einem jungen Mann, der sich seine ganze Spielweise angeeignet hatte und nun besser spielte als er. Besser, besser, was heißt das schon, besser spielen?, dachte er. Nein, das ist es nicht.

Simon brannte darauf, dieses Piano zu berühren, um hörbar zu machen, worin das Unnachahmliche eines Stils liegt. Anders gesagt, und dann bin ich auch schon fertig mit Simon und der Frage des Stils, er wollte glauben, dass er nach zehn Jahren völligen Verstummens noch spielen könne, wie niemand je spielen wird.

Der Wodka zirkulierte in seinem Gehirn. Der Wodka setzte sein Gehirn in Gang. Es funktionierte, wie es schon seit mindestens zehn Jahren nicht mehr funktioniert hatte. Nicht besser oder schlechter, nur anders. Freier vielleicht. Auch sein Herz schlug anders.

Er seufzte, erschauerte und fing dann an zu zittern. Sein Entschluss stand fest. Er wusste, dass er zum Piano gehen, es berühren, es in Besitz nehmen würde. Es war 22.30 Uhr.

Wenn sie doch auf die gute Idee kämen, die Pause ein wenig vorzuverlegen, dachte er, ich möchte es ja nur berühren, ich fasse es an und dann gehe ich. Er zitterte. Der Ingenieur hörte zu, immer noch zappelnd, es war wirklich ermüdend. Sind Sie nicht müde?, fragte Simon. Es geht, sagte der Ingenieur, und Sie? Es geht, sagte Simon. Das hat

Swing, oder?, sagte der Ingenieur. Ja, sagte Simon, das hat Swing, aber könnten Sie nicht vielleicht? Nein, nichts.

Was ihn so anstrengte, war das Warten. Dabei dauerte es nicht lange. Nur zehn Minuten. Und doch war es anstrengend. Wenn man schon zehn Jahre wartet. Ohne zu wissen, dass man wartet. Das macht einen noch mehr fertig.

Zehn Jahre und zehn Minuten. Er würde zehn Jahre und zehn Minuten gewartet haben. Um jetzt den Mut zu verlieren? Vielleicht. Gehen wir, dachte er, das ist ja albern. Was hätte ich davon? Und dann griff, nennen wir es ruhig so, der Zufall ein.

Das Trio machte ein wenig früher Pause. Es ergab sich einfach so. Sie hatten drei oder vier Themen gespielt, die alle zu Simons früherem Repertoire gehörten.

Sie lieferten als Zeichen fürs Set-Ende noch sehr rasch die letzten Takte von *On Green Dolphin Street* ab, dann standen sie auf, fingen wieder an zu flachsen und schlenderten unter dem Applaus Richtung Bar. Vielleicht sollten wir jetzt gehen?, schlug der Ingenieur vor. Es war 22.40 Uhr.

Simon stand auf. Der Ingenieur auch. Der Ingenieur ging voraus. Wir müssen uns beeilen, sagte er. Am Ausgang angekommen, öffnete er die erste Tür und wandte sich um. Simon war nicht mehr da. Er suchte ihn. Und entdeckte ihn weit hinten. Er stieg gerade auf die Bühne. Was treibt er da?, fragte sich der Ingenieur. Simon setzte sich ans Klavier. Ist er besoffen oder was? Weiß er nicht, wie spät es ist?

Er ging also zurück, der Ingenieur, schlängelte sich zwischen den Tischen hindurch und trat schüchtern an die

Bühne, nicht dass man ihn für einen Bassisten oder Schlagzeuger hielt. Er hielt das Handgelenk hoch und klopfte mit dem Fingernagel aufs Uhrglas: Sie verpassen noch den Zug, sagte er.

Der zitternde Simon schaute auf ihn hinunter und antwortete: Ich nehm den nächsten. Es gibt keinen nächsten, sagte der Ingenieur. O doch, Monsieur, sagte Simon, es gibt immer einen nächsten, da haben Sie den Beweis. Welchen Beweis?, fragte der Ingenieur. Gehen Sie nach Hause, sagte Simon, und danke für alles. Er streckte die Hände aus. Ließ sie über den Tasten schweben.

Der Ingenieur konnte sich nicht zum Gehen entschließen. Die Sache war ihm sehr unangenehm, was ja verständlich ist. Sie überstieg ihn ein wenig, muss man sagen. Er blieb dort stehen, vor der Bühne, vor den Augen des Publikums. Mit einem Mal wurde ihm die Gegenwart dieser Leute bewusst. Außerordentlich bewusst. Er wandte sich um und sah sie alle an. Einige fragten sich natürlich, was da vor sich ging. Kurz: Sie fielen auf, er und Simon. Es war ihm peinlich.

Kommen Sie?, fragte er. Simons Hände schwebten immer noch über den Tasten. Die Hände zitterten. Der Ingenieur bekam Angst. Kommen Sie, drängte er fast flehentlich. Gehen Sie nach Hause, sagte Simon. Aber, sagte der Ingenieur. Verschwinden Sie, sagte Simon, Sie stören.

Der Ingenieur gab sich geschlagen. Man sah ihn kehrtmachen und wieder auf den Ausgang zugehen. Mit einem Gefühl von verdorbenem Abend. Am Fuß der Treppe wandte er sich ein letztes Mal um. Simon hatte sich nicht gerührt, seine Hände schwebten über den Tasten. Der Ingenieur zuckte die Achseln, als wollte er sagen, mir soll's egal sein, und stieg die ersten Stufen hinauf.

Als er fast oben war, hörte er hinter sich das Klavier. Helle Töne zogen ihn an seiner Jacke zurück. Er stieg die Treppe wieder hinunter, um sich zu vergewissern. Es war tatsächlich Simon, der spielte, der anfing, der tastend anzufangen versuchte.

Für den Ingenieur bedeutete es: Sein Wunsch, Dank zu bezeugen, war gescheitert. Simon bot sich selbst das, was ihm der Ingenieur nicht hatte bieten können. Und doch hätte er es ohne mich nicht tun können, dachte er, bevor er die Treppe wieder hinaufstieg.

Als er in die Bar trat, dachte er gerade, er würde vielleicht: Ja, dachte er, ich schicke seiner Frau einen Blumenstrauß. Nein, nicht aus dem Garten, dann schlägt Cécile Krach, ich werde es über Fleurop regeln.

Johnny Griffin, die Plattenhülle war deutlich sichtbar aufgestellt, swingte ganz allein mit der Rhythmusgruppe von Monk, der mal eben einen trinken gegangen war. Der Ingenieur hörte gar nicht hin. Für diesen Abend hatte er genug vom Jazz. Im Vorbeigehen machte er eine Handbewegung in Richtung Tresen. Auf Wiedersehen, sagte er zu der müden Schönen. Es war nicht mehr so voll. Sie keuchte ein wenig. Eine Zigarette im Mundwinkel, rieb sie ein Glas blank. Der Rauch stieg ihr in die Augen. Dann die Straße.

Der Wagen ließ sich nicht leicht ausparken. Ein kleiner hatte sich hinter ihn zwängen können. Ein Hoch auf die Servolenkung. Die Uhr im Armaturenbrett zeigte 22.50. Simons Zug fuhr in acht Minuten. Der Ingenieur fuhr heim.

5.

Was liest du da?, fragte er, als er ins Schlafzimmer kam. Sie lag lesend im Bett. Sie zeigte ihm das Buch. Aha, sagte er, und, ist es gut? Nicht schlecht, sagte sie. Er trat näher und küsste sie. Du riechst nach Alkohol. Klar, ich hab ja auch welchen getrunken, antwortete er. Er zog seine Jacke aus.

Du kommst spät, sagte seine Frau. Er löste den Krawattenknoten. Schläft Iris?, fragte er. Ja, sie schläft, sagte seine Frau, und bei dir? Was ist mit mir?, fragte der Ingenieur und stieg aus der Hose.

War's gut, dein Abendessen mit Monsieur Nardis? Sehr gut, sagte er, inzwischen in Unterhosen und mit nacktem Oberkörper. Danach dachte ich, es wäre ein guter Gedanke, ihn noch auf ein Glas ins *Dauphin* mitzunehmen. Er ging ins Badezimmer.

Und kam im Bademantel zurück. Ich hatte ihn so verstanden, dass er Jazzliebhaber ist. Hast du deinen Schlafanzug nicht an?, wunderte sich seine Frau. Ah nein, sagte er, siehst du doch. Wieso? Nur so, sagte seine Frau. Sie seufzte. Und?, fragte sie. Mag er doch keinen Jazz? Im Gegenteil, sagte der Ingenieur. Und wie! Aber weißt du, was er gemacht hat? Er ging wieder ins Badezimmer.

Die Frau des Ingenieurs wollte gar nicht wissen, was Simon gemacht hatte, das verstehe ich. Sie wollte endlich ihr Buch weiterlesen, auch das verstehe ich, eine Geschichte über einen Seefahrer, der nie zu Hause war. Er kam aus dem Badezimmer zurück. Er knöpfte seine Pyjamajacke zu. Ein seltsamer Typ, sagte er, weißt du, was er gemacht hat? Nein, sagte seine Frau, woher soll ich das wissen? Sie schlug ihr Buch wieder auf. Sie war fast am Ende. Sie wollte wissen, ob der Seefahrer zurückkehren würde.

Er hat seinen Zug verpasst, sagte der Ingenieur. Sie seufzte und klappte das Buch wieder zu. Versteh ich nicht, sagte sie. Dabei ist es ganz einfach, sagte der Ingenieur. Sag doch gleich, dass ich blöd bin, sagte seine Frau. Das meine ich doch nicht, sagte der Ingenieur, du bist nicht blöd, du bist unkonzentriert. Er streckte sich neben ihr aus und gab ihr einen Kuss. Den kleinen Kuss, den er ihr jeden Abend gab. Eine Gewohnheit. Erklär's mir, sagte sie.

Sein Zug, sagte er, sollte um 22.58 Uhr fahren. Als die Musiker Pause machten, war es 22.40 Uhr. Wir hatten also noch achtzehn Minuten. Das wäre noch gegangen, der Bahnhof ist ja gleich nebenan, allerdings hab ich ganze fünf Minuten gebraucht, um den Wagen auszuparken. Wir sind also beide aufgestanden, aber er, halt dich fest, folgt mir nicht zum Ausgang, sondern dreht sich um, geht zur Bühne und setzt sich ans Klavier.

Ist er Pianist? Mir doch egal, sagte der Ingenieur, ich will dir bloß sagen, dass er sich ans Klavier gesetzt hat, statt in den Zug zu steigen. Seine Frau: Na und?

Simon fing an zu spielen. Nicht gleich. Er hatte zehn Jahre und zehn Minuten gewartet. Er musste noch einige Minuten länger warten. Zwei oder drei vielleicht. Bis er das Zittern seiner Hände bezwungen hatte.

Man stelle sich diese Hände vor, die zitternd über den Tasten schweben, und Simon, der sie etwa alle fünfzehn Sekunden hinter seinem Rücken versteckt und sie dann wieder vorzeigt, sie dem Klavier darbietet, sie ihm anträgt, als wollte er sagen: Ich habe dich verlassen, doch nun bin ich zurückgekommen.

Stelle sich also diesen allseits Unbekannten vor, diesen von sich selbst vergessenen Pianisten, einen Mann allein, der sich ans Klavier setzt und nicht spielt. Er zittert. Er sieht aus wie ein Verrückter oder wie ein Betrunkener, der stumm einen Pianisten vor dem großen Einsatz mimt. Und nicht zu vergessen, all das vor den Augen der Clubgäste. Leuten, die sich inzwischen fragten, was da eigentlich vor sich ging, die dachten: Was ist denn das für ein Verrückter, ist er betrunken?

Nachdem er sein Zittern mehr oder weniger unter Kontrolle hatte, begann Simon mit zwei oder drei Tönen, sehr engen Tönen, enger als ihm lieb war, sie waren ihm gewissermaßen herausgerutscht.

Man bedenke: Lampenfieber, Angst und Zittern, sie verfeinern, verstören, schärfen den Swing, sie spitzen ihn zu, wühlen ihn auf, erregen und beschleunigen ihn.

Simon schwebte das hübsche Thema vor, das sein junger Kollege gerade zu Beginn des Sets gespielt hatte, *Letter to Evan*. Dieselbe Tonart. Mittleres Tempo.

Die gesamte Klaviatur konnte er nicht nutzen, aus Angst, sich zu verirren. Er schlug nur einige Tasten an, schwarze, weiße, in der Mitte. Blieb dort, wie geborgen, die Hände geradezu übereinander gelegt. Er versuchte es. Fing an. Alle hörten zu.

Er führte das Thema ein, ließ es von sehr weit herkommen, in kleinen melodischen Anschlägen, die er nach und nach harmonisierte, indem er den Akkord Note für Note wieder erstehen ließ, in Pausen, die der von ihm angedeuteten Melodie entsprachen, und auch der Rhythmus begann sich abzuzeichnen. Sehr bald schon packte ihn die Lust zu swingen. Alle hörten zu.

6.

Hörst du auch, was ich höre? Scott, der junge Bassist, hat das gefragt. Und zwar Bill, den jungen Pianisten. Paul, der junge Schlagzeuger, steht mit dem Rücken zu ihnen. Er unterhält sich mit einem Mädchen. Der am wenigsten Verführerische von den dreien. Er gefällt den Mädchen. Was schließen wir daraus?

Alle drei sind Amerikaner. Die Inhaberin hatte sie eingeladen. Eine gewisse Debbie Parker. Auch sie Amerikanerin. Die sich in Frankreich niedergelassen hatte. Als Kulturflüchtling. Auch sie wurde meine Freundin. Ich werde sie ganz einfach Debbie nennen.

Hörst du auch, was ich höre?, fragte Scott. Bill antwortete nicht. Scott ließ nicht locker. Der Kerl da, er sprach von Simon, der spielte, dem alle zuhörten, außer Paul, der gerade dabei war, ein Mädchen zu verführen. Dieser Kerl hat ein wirklich erstaunliches Imitationstalent.

Bill hörte zu. Und antwortete Scott: Erstaunlich finde ich vor allem, dass er Sachen von Nardis nachspielen kann, die ich selbst nie hingekriegt habe, Sachen, die mit der Atmung, dem inneren Rhythmus zusammenhängen. Er wollte noch etwas hinzufügen. Vielleicht ist er es ja, sagte Scott.

Nein, sagte Bill, wenn er es wäre, würde ich ihn wiedererkennen, und außerdem, was hätte er hier zu suchen?

Simon hatte sich allerdings sehr verändert. In seinem geordneten Leben war er dicker geworden. Sein Haar weiß, soweit noch vorhanden. Das übrige war ausgefallen, und er trug jetzt eine Brille. Mit dem jungen, innovativen Pianisten, der drei, vier Mal von amerikanischen Clubs eingeladen worden war, hatte er nicht mehr viel gemein.

Nachdem er sein Thema gut eingeführt hatte, improvisierte Simon, ganz mit sich allein und die Nase tief über den Tasten. Seine Hände zitterten nicht mehr. Nach und nach ergriffen sie Besitz von der gesamten Klaviatur, und sein Stil - ob das nun von Vorteil war, vermag ich nicht zu beurteilen - hatte an Einfachheit und Klarheit gewonnen.

Da ist die Chefin, sagte Bill. Auftritt der Liebe. Man ist nie vor ihr sicher. Simon hatte noch nie eine Singstimme begleitet. Er habe es sofort wunderbar gefunden, erzählte er mir. Nicht nur, weil es Debbie war. Nein, diese Kombination von Klavier und Gesang. Debbie war früher Sängerin gewesen, Jazzsängerin.

Sie kannte Simon nicht. Oder vielmehr doch, so wie ihn viele zufällig, eines Abends, gesehen und gehört hatten. Debbie hatte ihn nur einmal gesehen. Als ganz junges Madchen, sie studierte damals Musik. Während der Ferien reiste sie kreuz und quer durch Europa.

Eines Abends hörte und sah sie ihn in einem Club in Kopenhagen. Zwei oder drei Stunden im selben Raum mit Simon, selbst wenn sich ihre Blicke begegnet sein sollten, das bietet dem Gedächtnis wenig Anhalt, selbst wenn Stil, Klang, Anschlag und Phrasierung hinzukommen, bietet es dem Gedächtnis nicht viel. Und dennoch kann es anscheinend genügen. Nein, im Ernst, sie konnte ihn nicht wiedererkennen.

Und doch, sagte sie. Debbie sagte mir, sie habe auf eine Silhouette reagiert. Eine gewisse Art, sich über die Tasten zu krümmen. Wie Glenn Gould, wenn du weißt, was ich meine. Ich wusste es. Ich hatte Simon spielen sehen. Er spielte auf meinem Steinway, wenn er kam. Ich kannte die Art, wie er am Klavier hockte.

Wollt ihr ihm nicht helfen?, fragte Debbie Scott und Paul. Letzterer hörte sie nicht, er unterhielt sich ja mit einem Mädchen. Fast ohne Pause hatte Simon mit einer simplen Modulation eine sehr hübsche Ballade angeschlossen, *You have changed.*

Nein, sagte Scott, Pause ist Pause. Jeder hatte sein Bier und seinen Schnaps vor sich stehen. Bill Bourbon. Scott Whisky. Paul Cola. Bill schmollte. Simons Spiel machte ihn krank. Ich dachte, du hättest gespielt, sagte Debbie zu ihm. Es schien sie zu amüsieren, dass ein Gast sich während der Pause ans Piano gesetzt hatte. Irgendwie nett, aber. Der spielt zu gut, dachte sie, das ist nicht normal, irgendwas ist los.

Und außerdem liebte Debbie diese Ballade, die Simon so schön spielte. Sie hatte sie früher gesungen. Sie hatte lange nicht mehr gesungen. Also ich geh hin, sagte sie zu Bill und Scott, ich helfe ihm, ich hab Lust zu singen. Sie nahm einen Schluck aus Scotts Whiskyglas: Darf ich?

Immer noch mit sich allein und die Nase über den Tasten, sah Simon sie nicht kommen. Sie nahm das Mikro vom Ständer. All diese Unruhe ringsum: Ja, schon gut, sagte er, ich hab verstanden, ich gehe, sagte er ohne sie anzusehen, ohne zu spielen aufzuhören, ohne den freien Lauf seiner Phrasierung zu unterbrechen. Debbie beugte sich vor.

Das Mikro dicht am Mund, schwang sie sich in die Melodie ein und sang dicht neben ihm: Sie haben sich nicht verändert. Simon hob die Nase von den Tasten, sah Debbie an und antwortete im Weiterspielen: Sie auch nicht. Simon hatte sie nie zuvor gesehen.

Jahre später. Er war mit Debbie verheiratet. Da erzählte mir Simon, wie er völlig zufällig begriffen habe, warum er Debbie an jenem Abend sozusagen wiedererkannt und vor allem, warum er diese Frau sofort angebetet habe. So erklären sich viele leidenschaftliche Lieben.

Jahre später, als er etwas völlig anderes suchte, ein Dokument für eine verwickelte Erbschaftsgeschichte, fiel ihm ein Foto in die Hände, ein Porträt, an das er sich nicht mehr erinnerte, das seiner sehr jungen Mutter, Debbies Porträt. Ich möchte gleich klarstellen, dass er Suzanne nicht verlassen hat, um Debbie zu heiraten. Die Umstände entließen ihn in die Freiheit.

Debbie sang ohne Vibrato. Eine neutrale Stimmführung wie bei manchen Saxofonisten der Westküste. Simon entdeckte die Freude daran, allein mit einer Stimme und für diese Stimme zu spielen. Eine Altstimme, beinahe trocken.

Bewegend in ihrer Weigerung, irgendwelchem Wohlklang Konzessionen zu machen. Und genau das gefällt mir, dachte Simon.

Und hielt sich sehr zurück. Eine Stimme zu begleiten verlangt so viel Feingefühl. Ihr vorauszueilen oder ihr zu folgen. Ihr zu antworten. Dem Akzent durch eine Frage zuvorzukommen. Er gab sich dieser Zwiesprache hin.

So sehr, dass er sie ansehen musste. Dabei konnte er nicht umhin, dieses Gesicht zu sehen. Und je länger er es ansah, desto weniger konnte er der von der Zeit verlangsamten Überraschung entgehen, verlangsamt von all der Zeit, die noch einmal durchlaufen werden musste, um klar zu sehen. Er vergaß die Tasten. Er spielte für sie.

Da ihr die Worte fehlten, improvisierte sie. Für ihn, der seinerseits Variationen für sie improvisierte, und alles endete für sie beide in einer Art Jubel. Es war 23.15 Uhr. Der Zug rollte Richtung Paris.

Simon hatte Durst, ihm war heiß. Debbie kam mit zwei Gläsern zurück. Entweder – oder, sagte sie. Debbie bot Simon das Glas an, das sie in ihrer Rechten hielt: Entweder sind Sie ein genialer Nachahmer oder Sie sind Nardis höchstpersönlich: Sind Sie Simon Nardis?

Ich bin's gewesen, sagte Simon. In Kopenhagen, sagte Debbie. An allen möglichen Orten, sagte Simon. Auch in New York, sagte Debbie. Ja, auch in New York, sagte Simon, und auch anderswo, an allen möglichen Orten, wie ich schon sagte. Und jetzt hier, sagte Debbie. Nein, sagte Simon, das ist vorbei, heute Abend, das ist nur, jetzt hier, das war nur, um herauszufinden, ob. Ob was?, fragte Debbie. Ob Sie und ich noch leben.

An sich eine ziemlich banale Antwort. Aber die Art, wie Simon es sagte. Debbie war mehr als hingerissen. Bleiben Sie noch ein bisschen, sagte sie. Begleiten Sie mich noch einmal. Sie hatte noch Lust zu singen, mit ihm, oder vielleicht auch für ihn. Ja, sagte Simon, warum nicht, aber. Aber was?, fragte Debbie. Ich muss erst telefonieren.

Simon und Debbie, ein schönes Paar, ich weiß, wovon ich rede, ich war oft neidisch, wurden weiter beklatscht, als sie sich zwischen den Tischen hindurch zur Bar bewegten. Wo sie von Bill und Scott erwartet wurden. Debbie stellte ihnen Simon vor.

Ich hatte Sie nicht erkannt, sagte Bill. Ich auch nicht, sagte Scott. Ich hielt Sie für einen überbegabten Amateur, sagte Bill, und auch noch frech. Ich auch, sagte Scott. Paul kehrte ihnen immer noch den Rücken zu und baggerte das Mädchen an.

Monsieur Nardis bleibt noch ein bisschen bei uns, sagte Debbie, wir scheinen gut anzukommen als Duo. Bill und Scott wechselten einen Blick. Mit ihnen hatte Debbie nie singen wollen. Sie sind doch hoffentlich nicht in Eile?, fragte sie. Nein, sagte Simon, aber ich muss telefonieren.

Die Telefonzelle war in der Bar im Erdgeschoss. Die Treppe zwischen Club und Bar hatte an jedem Ende eine Polstertür. Die Musik konnte sich nicht gegenseitig stören. Obwohl es oben wie unten Jazz war.

Im Keller das Klaviertrio. Im Erdgeschoss die unterschiedlichsten Formationen. Immer mit einem Saxofon. Die müde Schöne war verrückt nach Saxofonisten. Mit klarer Vorliebe für Tenorsaxofonisten.

Als Simon oben ankam, spielte gerade Sonny Rollins in einem Trio im Village Vanguard, wie die Plattenhülle bezeugte. Wahrscheinlich seine beste Zeit, dachte Simon, obwohl ihm das Telefonat, das er gleich mit Suzanne führen musste, auf der Seele lag.

Er ging auf den Tresen zu. Die müde Schöne zeigte ihm mit dem Finger, wo die Telefonzelle war. Der erinnert mich an irgendjemanden, dachte sie. Die Tür der Telefonzelle war ebenfalls gepolstert. Simon schloss sie hinter sich. Zog eine Telefonkarte aus dem Portemonnaie. Ein Münztelefon. Auch das noch. Er musste noch mal raus, um einen Geldschein zu wechseln. Die müde Schöne gab ihm eine Hand voll Kleingeld. Sie sehen aus wie Simon Nardis, sagte sie. So?, fragte Simon. Wer ist das?

Er kehrte zur Zelle zurück. Schloss sich darin ein. Wahlkabine. Lügenfalle. Quarantäneraum. Eine Schleusenkammer zwischen zwei Welten war diese gepolsterte Zelle. Vielleicht ein Sarg. In jedem Fall.

Die Tür war geschlossen und Simon schon nicht mehr derselbe. Er war wieder der, der er seit zehn Jahren war. 23.30 Uhr. Sein Zug rollte Richtung Paris. Er wählte die Nummer seiner Wohnung.

7.

Suzanne schlief, nehme ich an. Ich sage das und denke an das Schlafzimmer. In Suzannes und Simons Schlafzimmer hing ein Bild von mir, nicht ein Porträt von mir, sondern eines meiner Gemälde. Suzanne hatte es mir zu Simons Geburtstag abgekauft. Suzanne hatte ein Auge dafür. Sie hatte unter meinen Lieblingsbildern eines der schönsten ausgesucht. Simon war begeistert. Er hatte es unbedingt übers Kopfende des Bettes hängen wollen. Seiner Meinung nach kam nur diese Wand für das Bild in Frage. Ich fand das ziemlich unvorsichtig. Wenn es runterfällt, erschlägt es euch, sagte ich ihnen. Na, lassen wir das. Simon hat es in sein neues Haus mitgenommen.

Suzanne las oder schlief übrigens nicht im Schlafzimmer, als das Telefon klingelte, sie war im Wohnzimmer und sah fern. Unruhig und besorgt hatte sie auf dem Sofa gelegen und war bei laufendem Fernseher eingeschlafen. Den Anfang des Films hatte sie noch gehort und gesehen. Nach zehn Minuten hatte sie nur noch mit geschlossenen Augen zugehört. Dann hatte sie auch nichts mehr gehört.

Wenngleich sie daran gewöhnt war, im Schlaf die Filmtelefone klingeln zu hören, wurde sie vom Klingeln ihres eigenen aufgeschreckt.

Sie richtete sich auf, kam taumelnd und noch ein bisschen betäubt auf die Füße, schwankte einen Augenblick zwischen dem Apparat im Wohnzimmer, der nur eine Armlänge entfernt stand, und dem im Nebenzimmer.

Als sie mich anrief, um mir zu sagen, dass sie zu Simon fahren wolle, hat sie mir, wohl aus der Gefühlsbewegung heraus, alles bis ins Detail erzählt. Ich habe nie verstanden, wieso sie ins Nebenzimmer gegangen ist, um abzunehmen.

Ich bin's, sagte Simon. Ach?, fragte Suzanne, du? Aber wart mal, sagte sie, das verstehe ich nicht, rufst du aus dem Zug an? Gibt's ein Telefon im Zug? Aber wieso rufst du mich an, wenn du im Zug sitzt? Um mir zu sagen, dass du mich liebst? Du bist ein Schatz, weißt du, weißt du das?

Aber nein, ich bin ja blöd, ich bin noch gar nicht richtig wach, du rufst nicht aus dem Zug an, Zugtelefone funktionieren nie. Von wo rufst du mich an? Wie spät ist es? 23.40 Uhr, sagte Simon.

Suzanne spielte mit den Stiften, die auf Simons Schreibtisch herumlagen. Immer wenn sie dieses Telefon benutzt hatte, fand Simon seine Stifte in einer bestimmten Anordnung vor. Als Fächer oder als Ähre. Alle Spitzen, Kugelschreiber-, Tintenroller- und Filzstiftspitzen zeigten auf denselben Mittelpunkt. Sie fing an, sie zu sortieren, als Simon mit seinen Erklärungen anfing.

Ich hab ihn verpasst, sagte Simon. Wie denn das, verpasst?, sagte Suzanne, man verpasst seinen Zug doch nicht zweimal hintereinander. Eben doch, sagte Simon, das kann passieren, wie du siehst. Mach dich bitte nicht über mich lustig, sagte Suzanne, sag mir lieber, was du da treibst.

Suzanne hasste Erklärungen, sie hasste es, dass Simon sich rechtfertigte, es ist schlecht, wenn ein Mann sich rechtfertigt, ein Mann, der ohne Umwege und Fehltritte seinen Weg geht, hat so etwas nicht nötig. Zehn Jahre ohne, dachte sie, es war zu schön, als dass es hätte dauern können. Ich höre, sagte sie.

Simon: Ich habe mich von einem Piano in Versuchung führen lassen. Suzanne: Nur von einem Piano? Simon hatte so eine gewisse Stimme. Suzanne kannte diese Stimme an ihm. Vor seinem Zusammenbruch hatte sie sie oft gehört. Nach zehn Jahren Frieden hörte sie sie wieder.

In Simons Stimme hörte Suzanne den Alkohol, die Frau, eine Frau, eine Versuchung, die neue Liebe einer Frau, zu einer Frau, nicht zum ersten Mal. Erzähl's mir, sagte sie.

Männer, die die Wahrheit sagen, sind die gefährlichsten. Simon sagte sie immer. Nicht die ganze natürlich, das kann man ja nie. Er erzählte von dem Abendessen, dem kleinen Abstecher in den Club, den zwei, drei Drinks. Suzanne: Zwei oder drei? Drei. Das Trio, die Pause, das Piano, die Sängerin. Sie heißt Debbie Parker, sagte er. Der Zug war weg, nur um ein wenig Spaß zu haben, ein bisschen Spaß und dann komm ich heim, morgen früh, am späten Vormittag oder auch am frühen Nachmittag, das weiß ich noch nicht, ich weiß nicht, wann der Zug geht.

Sie: Und wo willst du schlafen? Nun, im Hotel, sagte

Simon. Suzanne: Allein? Na hör mal, sagte er, nun nerv mich nicht, versuch doch zu verstehen, es tut mir gut, ich hab es gebraucht, ich hab es nicht herbeigeführt, es hat sich ergeben, die Umstände, ja, klar, ich hätte auch ablehnen können, aber schließlich und endlich, mach dir keine Gedanken, geh schlafen, ich ruf morgen noch mal an und sag dir Bescheid.

Suzanne legte auf und zerstörte die perfekte Ordnung der Stifte auf Simons Schreibtisch, ohne jedoch die unnachahmliche Unordnung von Simons Stiften wiederherzustellen, der indes seine Stifte, sein ganzes früheres Leben vergessen hatte, als er die Telefonzelle verließ.

Das Gespräch hatte ziemlich lange gedauert. Trotzdem hatte er noch einen Haufen Münzen. Sie störten ihn in der Tasche. Im Vorbeigehen hielt er sie der müden Schönen hin. Sie nahm sie an, ohne etwas zu verstehen. Er schien sie ihr zurückzugeben, als hätte sie sie ihm aus eigener Tasche geliehen oder als hätte er gar nicht telefoniert.

Hinter ihr drehte sich die Platte, die Hülle stand daneben. Der feine Swing von Sonny Rollins, boshafte Einfälle, spitze Noten, hingebungsvolle Läufe. Seine beste Zeit, dachte Simon, dann drückte er die erste Tür auf und ging die Treppe hinunter, zwischen den beiden Türen hörte er ein wenig Rollins und ein wenig vom Klaviertrio, die drei jungen Amerikaner spielten wieder.

Simon ging zur Bar. Durch die zweite Tür war er wieder in den Klang, das Licht, die Atmosphäre des Clubs eingetaucht, in den schönen Ton des Trios, das rote Licht, in den

Geruch des Jazz, er füllte sich die Lungen damit wie mit einer langen, langsamen toxischen Inspiration.

Er wollte zu Debbie zurück. Das junge Mädchen, dem der Schlagzeuger Paul den Hof gemacht hatte, war jetzt allein. Sie hatte sich der Bühne zugewandt. Sie lächelte. Sie bewunderte Paul, der mit erhobenem Kopf und geschlossenen Augen seine kleine Trommel streichelte. Hervorragendes Besenspiel, dachte Simon.

Der Barkeeper teilte ihm mit, Debbie erwarte ihn weiter hinten, an einem Tisch. Geben Sie mir noch ein Glas, sagte Simon. Schon erledigt, sagte der Barkeeper. Er hatte etwas Feindseliges. Sie erwartet Sie mit einem Drink, sagte er.

Simon suchte sich seinen Weg zwischen den Tischen. Er war ein wenig betrunken, im Vorübergehen sah er in Gesichter, die er hätte lieben mögen, sein Herz liebte wieder, und er hatte Lust, alle zu lieben, allen zu sagen, dass Debbie ihn liebte und dass er Debbie liebte. Er wagte sie nicht anzusehen. Wusste, dass sie ihn ansah. War dazu erst imstande, als er vor ihr stand.

Dieses Gesicht gefiel ihm über alle gewöhnliche Verführung hinaus, aber er war noch weit davon entfernt, den Grund hierfür zu verstehen. Sie schien sich so zu freuen, ihn wiederzusehen. Wie sich in ihm die Liebe offenbarte, offenbarte sie sich womöglich auch in ihr, schwer zu sagen.

Ist es gut gelaufen?, fragte sie. Was?, fragte Simon. Ihr Telefongespräch, sagte Debbie. Simon fand dieses Siezen bezaubernd. O ja, sehr gut, erwiderte er, ich habe meiner Frau gesagt, dass ich erst morgen zurückkomme. Übrigens, wann geht der Vormittagszug? Debbie: Ich fahre nie mit dem Zug. Ich verstehe, sagte Simon, und außerdem muss ich mir noch ein Zimmer suchen.

Er rührte sein Glas nicht an. Debbie schob es in seine Richtung und kam dabei selbst näher. Sie könnten zu mir kommen, sagte sie. Ja, das könnte ich, sagte Simon, aber lieber nicht, Sie gefallen mir zu sehr, das nähme kein gutes Ende, suchen Sie mir lieber ein Zimmer in einem Hotel hier in der Nähe, ich muss zu Fuß hin. Ich bringe Sie mit meinem Wagen, sagte Debbie, gesetzt den Fall, Sie wären bereit einzusteigen. Das ja, sagte Simon, das gern. Sein Gesicht veränderte sich. Er spürte es. Berührte seine Wange. Er lächelte.

Debbie stand auf. Ich regle das sofort, sagte sie. Warten Sie hier. Trinken Sie Ihren Wodka, genießen Sie die Musik. Es dauert nicht lange. Simon sah ihr nach und dann wieder zu den drei Musikern. Obwohl er auf Debbies Gesicht, ihren Mund, ihre Stimme geachtet hatte, hatte er ihnen die ganze Zeit zugehört.

In ziemlich raschem Tempo schwelgten sie gerade in *Milestone*. Bei diesem Thema kann man gar nicht anders, dachte Simon. Er erinnerte sich, wie er selbst immer darin geschwelgt hatte.

Bill, der junge Pianist, hatte sich, wie ich schon sagte, in seinem Stil sehr von Simon inspirieren lassen, aber, so erzählte mir Simon, wenn der Swing stärker war als das bemühte So-tun-als-ob, gelang ihm unwillkürlich eine ganz eigene Phrasierung.

Alle drei waren wirklich sehr gut. Scott, der über das Instrument in seinen Armen gebeugte Bassist, beeindruckte Simon. Sein Spiel war sehr melodisch und vor allem sehr behände, er konnte fast so rasch spielen wie ein Gitarrist, vielleicht nicht immer genau, aber erfindungsreich und sehr inspiriert, mit instinktivem Gehör.

Während er sein Glas leer trank, dachte Simon: Die jungen Musiker werden immer besser und immer jünger. Kaum hatte er es gedacht, sank seine Stimmung wieder auf den Nullpunkt. Die Musik braucht mich nicht mehr, dachte er, die Jungen machen ihre Sache gut, und ich brauche die Musik nicht mehr.

Plötzlich sei ihm, so erzählte er mir, Folgendes klar geworden, und das tat weh: Ich liebe den Jazz nicht mehr, nicht mehr so wie früher, vielleicht gar nicht mehr, jedenfalls nicht so, wie man ihn lieben muss, um sein Leben mit ihm zu verbringen.

Und genau darum handelt es sich, um mein Leben. Wonach suchte ich, als ich hierher kam? Was wollte ich beweisen, als ich das Piano kaperte? Die Frage kann ich beantworten, sagte er sich. Dann antworte. Ich werde antworten, sagte er sich. Nur zu, ich warte. Ja doch, ich tu's ja schon. Ich wollte wissen, ob mein Leben vorbei war. Und? Ich wollte glauben, dass es das nicht wäre. Und weiter? Jetzt weiß ich, dass es vorbei ist. Im Grunde hatte ich keine Lust auf Jazz und noch weniger Lust auf Musik, ich hatte nur Lust zu leben, eine erbärmliche, kleine Lust zu leben.

Während Simon sich so zerfleischte, unternahm Debbie

oben am Tresen der Bar das Nötige, um ihm ein Zimmer im *Hôtel d'Angleterre* zu reservieren.

Die müde Schöne hatte die Nummer nicht im Kopf. Sie gab Debbie das Telefonbuch mitsamt dem darauf stehenden Apparat. Rollins spielte immer noch in seinem Trio, *Softly As a Morning Sunrise*, jetzt lag die andere Seite oben.

Sie hörte, wie Debbie im Hotel anrief. Debbie bat sie, Rollins ein wenig leiser zu stellen. Dann hielt sie sich ein Ohr zu und bestellte für Simon ein Zimmer. Auf welchen Namen? Wie bitte? Sprechen Sie lauter, ich verstehe Sie nicht. Simon Nardis, schrie Debbie.

Die müde Schöne hörte Simons Namen. Dacht ich's mir doch, sagte sie sich. Ist er's?, fragte sie Debbie, nachdem diese aufgelegt hatte. Ja, sagte Debbie. Und gab ihr Telefonbuch samt Apparat zurück.

Und weißt du was?, sagte sie. Die andere ahnte es schon. Ich werde mit ihm singen, sagte Debbie, er wird mich begleiten. Ja, jetzt gleich. Und außerdem gefällt er mir. Und ich glaube, ich gefalle ihm auch. Und ansonsten ist alles in Ordnung? Brauchst du irgendwas? Nein, sagte die Müde. Sie setzte wieder ihr Gesicht einer friedfertigen ehemaligen Schönheit auf, streckte den Arm aus und drehte Rollins lauter.

8.

Ihr Platz war besetzt. Ein junger Mann saß Simon gegenüber. Debbie wartete hinter ihm. Der junge Mann, vielleicht achtzehn oder zwanzig Jahre alt, konnte sie nicht sehen. Dass jemand hinter ihm war, wurde ihm erst bewusst, als Simon zu ihr aufblickte. In Simons Augen muss Liebe gestanden haben. Der Junge wandte sich um: Pardon, sagte er, ich wollte nicht stören. Er bedankte sich bei Simon. Und zog sich zurück.

Ein Bewunderer?, fragte Debbie. Nein, sagte Simon, er hatte nur ein paar Fragen. Er spiele auch ein wenig Klavier, sagte er. Es ließ sich gut an. Er wollte wissen, ob man Jazz lernen könne. Ja, habe ich gesagt, wie alles andere auch. Dann wollte er wissen, ob es eine Schule gebe. Nein, keine Schule. Ob ich unterrichte? Nein, kein Unterricht. Was denn dann? Darauf ich: Zuhören, einfach zuhören, den Großen zuhören, alles von ihnen übernehmen, was sich übernehmen lässt, und dann sehen Sie zu, wie Sie zurechtkommen. Die Mittelmäßigen sortieren sich von selbst aus.

Debbie: Glauben Sie, er hat Sie verstanden? Ich nehm's an, sagte Simon, und wenn nicht, verschwendet er eben seine Zeit wie alle anderen Leute auch, dafür sind wir doch hier, genau wie Sie und ich: Was mache ich denn hier anderes mit Ihnen, und Sie mit mir?

Charmant, sagte Debbie, so danken Sie es mir also, dass ich Ihnen ein Zimmer reserviert habe, in einem Hotel, das nicht allzu weit entfernt ist?

Simon sagte: Ich hab's mir überlegt, ich schlafe lieber bei Ihnen. Oder eher nein, ich will nirgends schlafen. Und überhaupt, ich hab keine Lust zu schlafen. So ist das.

Er ist betrunken, dachte Debbie. Das war er tatsächlich. Und zwar ziemlich. Er hatte gar nicht so viel getrunken, aber schon lange nicht mehr so viel. Er war eben nicht mehr daran gewöhnt.

Und das Betrunkensein machte ihn traurig. Und die Traurigkeit böse. Die Liebe auch. Sie tat ihm weh, und der Schmerz machte ihn wütend, auf sich selbst, auf wen auch immer.

Das trifft sich gut, sagte Debbie. Was?, fragte Simon. Was trifft sich gut? Dass Sie keine Lust zum Schlafen haben. Wir sind bald dran. Wollen Sie mich immer noch begleiten? Sie haben es sich nicht anders überlegt?

Simon hatte es mehr als satt, vor diesem Lärmpegel zu reden. Ein Jazzclub ist nicht der rechte Ort zum Reden, noch nicht einmal über den Jazz oder die Liebe. Man schweigt und hört zu. Will man sprechen, muss man die Stimme erheben. Will man zu einer Frau sagen, Ich liebe Sie, muss man es schreien, das ist ermüdend. Es sei denn, sie liest einem die Worte von den Lippen ab. Sonst lässt sie es einen wiederholen. Wegen des Schlagzeugers. Simon hasste die Schlagzeuger. Schlagzeuger machen immer zu viel Lärm.

Wollen wir nicht lieber spazieren gehen?, fragte er, mir tut der Schädel weh, ich brauche Luft, hier erstickt man ja, ich kann Räume wie diesen nicht mehr ertragen, ich weiß ja nicht, wie Sie das schaffen, aber ich kann nicht mehr, ich dachte, ich könnte es noch, aber.

Ich verstehe, sagte Debbie, Sie haben keine Lust mehr. Nein, das ist es nicht, aber ich bin müde, sagte Simon. Und fügte hinzu: Sie gefallen mir, das ist nicht das Problem, übrigens liebe ich Sie bereits, und ich habe Lust auf Sie, da sehen Sie es, ich sage Ihnen, wie es ist, ganz direkt, ich habe keine Zeit mehr zu verlieren, ich bin zu alt, ich habe Lust, Sie zu küssen, aber ich bin zu müde.

In Ordnung, sagte Debbie, wir lassen es sein. Auf keinen Fall, sagte Simon. Wir singen, was wollen Sie, dass wir singen?

Liebeslieder. Debbie wollte von der Liebe singen. Diese Frauen, dachte Simon. Noch mehr?, fragte er. Also wirklich, haben Sie denn nichts anderes im Kopf? Ein trockenes Lachen schüttelte ihn, er hustete, sein Herz war völlig aus dem Takt.

Gut, sagte er, also fangen wir an mit den Liebesliedern. Aber welche? Es gibt so viele. Es gibt eigentlich nichts anderes. Ist Ihnen das schon aufgefallen? Du gehst mir auf die Nerven, dachte Debbie. Aber so haben wir wenigstens die Wahl, oder?, sagte er. Nur kenne ich nicht alle. Was möchten Sie singen?

Eines mochte Debbie besonders, *Les Feuilles mortes* war der französische Titel, für sie als Amerikanerin *Autumn Leaves.* O nein, nur das nicht, dachte Simon. Ja, wenn Sie mögen. Sie kannte den französischen Text. Es war ein Lied. Das uns sehr glich. Du der mich liebte. Ich die dich liebte. Wir lebten beide. Miteinander. Und Simon, dieser Idiot, begleitete sie, zu Tränen gerührt.

Außerdem auf dem Programm: *Moonlight in Vermont, What Are You Doing the Rest of Your Life?, Lover Man, The Man I Love, My Funny Valentine.*

Und als krönender Abschluss etwas Heiteres.

Die Melodie, in die Debbie Simon gezogen hatte, war eher sexy, eine Spur vulgär, sagen wir verrucht, in mittlerem Tempo, und alles hatte einen klar akzentuierten Swing. Es lief sehr gut. Den Titel habe ich vergessen. Simon hat ihn mir gesagt, aber ich habe ihn vergessen. Zu dumm. Ich kenne ihn in einer Version von Gerry Mulligan, glaube ich, nun, er wird mir schon wieder einfallen.

Es lief ja so gut. Ich stelle mir vor, Debbie schmiegte sich sehr verführerisch und in spöttischer Nachahmung eines Vamps der vierziger Jahre an den Flügel. Es war so schön, wie sie sich gegenseitig verführten, Simons Flügel und Debbies Stimme und Körper. Die Zuhörer waren hingerissen.

Und da wurden auch Paul und Scott, der Schlagzeuger und der Kontrabassist, die Pause hatten und an der Bar darauf warteten, dass es endlich vorbei wäre, nach und nach verführt und bezaubert von ihrer Chefin und schließlich in den Bann geschlagen, hypnotisiert von dem, was sich zwischen ihr und Simon zutrug. Und das war in der Tat, wenn ich richtig verstanden habe, ziemlich außergewöhnlich.

Paul ließ sein Glas stehen, Scott das seine, und dann bewegten sie sich auf die Bühne zu, und zwar unauffällig. Unauffälligkeit war jedenfalls, was sie anstrebten. Die Zuhörer verstanden sofort. Und applaudierten. Die beiden sprangen auf die Bühne.

Debbie empfängt sie mit improvisierten Begrüßungsworten. Scott richtet seinen Kontrabass auf, Paul setzt sich hinter sein Schlagzeug, und dann, Profis, die sie waren, klinkten sie sich ohne die geringste Verzögerung in den Swing ein.

Schon das Duo Debbie-Simon war sehr eindrucksvoll, aber noch ergänzt durch die Rhythmusgruppe Scott-Paul – ich kann mir gut vorstellen, was daraus wurde. Etwas wie ein Glücksgefühl, dass einem der Atem stockt und man Tränen lacht.

Und zur Krönung des Ganzen, mit einer gewissen Komik, die alle Anwesenden erleichterte, denn Glücklichsein strengt an, ging Bill, der Pianist, der gelegentlich auch sang und sich selbst am Flügel begleitete, zu Debbie, schmiegte sich an sie und sang ins selbe Mikro.

Simon sagte mir: Ich wünschte mir damals, dass es nie aufhören würde. Danach kehrten sie zu ihren Plätzen zurück, unter den Blicken der Frauen und Männer, allen möglichen Blicken, bewundernden, neidischen, dankbaren, staunenden, denn Simon und Debbie, ich sagte es bereits, waren, was man ein schönes Paar nennt.

Ich habe sie auch als Ehepaar gekannt. Ich war ihr Trauzeuge. Ich weiß noch, an jenem Tag dachte ich an Suzanne. Das war nicht besonders nett, aber menschlich. Auch Simon dachte an sie, er hat es mir gesagt. Ich mochte sie gern, meine kleine Suzie. Wir verstanden uns gut, wir dachten in vielen Dingen ähnlich. Armes Mädchen. Na ja, so ist das Leben.

In der Zwischenzeit lag sie ganz allein in ihrem gemeinsamen Bett, es muss so etwa halb eins, vielleicht auch eins gewesen sein, und dachte an ihn.

Bevor sie sich zu ihm auf den Weg machte, rief sie mich zweimal an, um mir von ihrer Unruhe zu erzählen. Es gibt Glückszustände, die beunruhigen. Blitze intensiver Freude schießen ins Dunkel. So war es bei Simon.

Sie wusste es. Ich auch. Auch ich kannte ihn gut. Sie rief mich an, um mich zu fragen, was sie tun solle. Sie wollte ihn abholen. Meiner Ansicht nach keine gute Idee. Er braucht ein wenig Auslauf, sagte ich ihr, lass ihn, er kommt schon zurück. In welchem Zustand?, fragte sie mich.

Das Risiko war mir ebenso bewusst wie ihr. Andererseits wusste ich auch um Simons Traurigkeit, um sein vorgetäuschtes Leben, sein vorgetäuschtes Sein, die tote Seele, die er hinter sich herschleppte. Sie auch, nehme ich an, aber für sie war es anders, er war ihr Mann, sie kümmerte sich um ihn, wachte über ihn, während bei mir, wenn ich darüber nachdachte, ganz andere Saiten berührt wurden, ich dachte als Maler, als Künstler darüber nach, kurz, ich dachte an den Vorrang der Kunst, und der Rest ist nicht so wichtig. Die Kunst unter Einsatz des Lebens, wer denkt heute noch so?

Hör zu, sagte ich ihr, wenn du wirklich nicht länger warten kannst, hol ihn ab, dann siehst du, was los ist, zumindest siehst du ihn und bist beruhigt.

Hätte ich nur geschwiegen. Dann wäre sie vermutlich noch am Leben. Das sage ich so, aber nein, ich mache mir diese Vorwürfe zu Unrecht, sie wäre in jedem Fall hingefahren. Sie liebte Simon, wie nur eine Frau zu lieben vermag. Wir können das nicht verstehen.

Das habe ich Simon gesagt. Er hat geweint. Was bist du doch für ein Idiot, du bist wirklich ein Idiot, dachte ich. Ich dachte es über mich, nicht über Simon, obwohl mir manchmal auch der Gedanke kam, er habe sich benommen wie ein Idiot. Gleich nach Suzannes Tod ist er zu mir aufs Land gekommen. Und hat mir von seiner Eskapade erzählt.

9.

Danach kehrten sie zu ihren Plätzen zurück, unter den Blicken der Frauen und Männer, allen möglichen Blicken, bewundernden, neidischen, dankbaren, staunenden, und auf eine knappe Handbewegung, ein Zeichen Debbies hin brachte der Barkeeper neue Wodkas.

Bill setzte sich an seinen Flügel. Die Stimmung würde wieder nachlassen. Gemeinsam mit Scott und Paul stimmte er einen Blues in F an, den alle kannten. Alle sangen mit.

Auch Debbie sang mit, dann verstummte sie, sie sah Simon an, auf eigentümliche Weise, und sagte schließlich: Schade, dass Sie verheiratet sind, Sie könnten hier bleiben, wir könnten zusammen arbeiten, wir verstehen uns gut, ich gefalle Ihnen, Sie gefallen mir, es ist wirklich zu dumm. Es ist eben so, sagte Simon, ich kann nicht.

Einfach nur um nach zwei, drei eher schwungvollen Stücken ein bisschen zu Atem zu kommen, spielte Bill einen hübschen kleinen Song an, *That's All*.

Das Thema war kaum erklungen, da richtete sich Debbie auf wie ein etwas beschwipstes kleines Mädchen und rief: Oh, das liebe ich, ich liebe es, ich möchte es singen, und dann, mit einem gespielt flehentlichen Blick auf Simon: Darf ich? Aber sicher, sagte er.

Sie war sehr verführerisch. Ich verstehe, dass Simon ihr erlegen ist. Nicht eigentlich hübsch, aber in meinem ganzen Leben bin ich nie einer Frau mit so viel Charme begegnet. Manchmal habe ich Simon sogar beneidet. Als sie da sang, sagte er mir, wurde mir klar, dass nichts mehr zu retten war, ich dachte: Ich werde ihr ganz sicher nachgeben, ich werde noch ein bisschen dagegen ankämpfen und dann werde ich zulassen, dass ich sie liebe.

Debbie knickste lächelnd wie eine kleine Ballettschülerin. Simon klatschte nicht mit den anderen. Er betrachtete Debbie. Und als er sie auf sich zukommen sah, hatte er diesen dummen, abstrusen und unverständlichen Gedanken: Sie gehört mir, und dann, noch idiotischer, noch rätselhafter: Sie war schon immer für mich bestimmt. Er war betrunken. Also hellsichtig. Wer betrunken ist, sieht in seinem Innern sehr klar.

Ich fühle mich gut, sagte sie, als sie ihm wieder gegenüber saß. Nicht ihm gegenüber, neben ihm, sie war näher an ihn herangerückt. Sie schien sich sehr gut zu fühlen. Es machte Freude zu sehen, wie gut sie sich fühlte.

Ich fühle mich dermaßen gut, sagte sie, dass es mir die Luft abschnürt, das Herz beklemmt, ich ersticke, so sehr habe ich Lust, Sie zu küssen, und wissen Sie was, ich küsse Sie. Und ohne ihn lange zu fragen, hatte sie schon die richtige Stelle für ihren Kuss gefunden, ganz in der Nähe des Backenknochens, oben auf der schlecht rasierten Wange, die eigentlich sogar überhaupt nicht rasiert war und feucht vor Müdigkeit. Simon ging ein vor Hitze. Debbies Mund, ihre kühlen Lippen auf seiner Wange. Ihm wurde noch wärmer. Sein Herzschlag beschleunigte sich, die Angst.

Ich brauche frische Luft, sagte er, ich ersticke, ich gehe ein, und außerdem bin ich besoffen, wir könnten nicht vielleicht schlafen gehen? Warten wir nicht bis zum Schluss?, fragte Debbie. Ich kann nicht mehr, sagte Simon. Sie sind fast fertig, sagte Debbie, um zwei hören sie auf, dann bringe ich Sie ins Hotel, wenn Sie sich nicht wieder umentschieden haben.

Eine Viertelstunde noch bis zum Schließen des Lokals. Eine halbe bis zum kühlen Bett. Er ließ sich gehen, ließ seinen Körper schlafen, ließ ihn, sicher an Debbies Schulter gelehnt, erstarren, fühlte sich ebenfalls gut, und während er so in der Schwerelosigkeit des geborgenen Kindes schwamm, sah er den Ingenieur wieder vor sich, Suzanne auf dem Bahnsteig, eine Zusammenfassung seines Tages, eigentlich jeder Tag ein kleiner Tod, und eines Tages sieht man angeblich sein ganzes Leben an sich vorüberziehen, dachte er.

Debbie weckte Simon, indem sie ihm sanft den Kopf aufrichtete. Simons Kopf war auf Debbies Schulter gesunken. Debbie hatte ihn in ihrer Halskuhle lasten lassen. Simons Haar kitzelte sie an der Wange.

Sie müssten jetzt aufbrechen, sagte sie leise. Alle anderen waren schon gegangen. Die müde Schöne wollte endlich abschließen. Simon fragte, ob er eingeschlafen sei. Ja, sagte Debbie. Er sah sicher aus wie ein Baby, das aufwacht.

Wie ein runzeliges Neugeborenes. Debbie gab ihm einen weiteren Kuss und half ihm beim Aufstehen. Kommen Sie, sagte sie.

Die Straße. Die Tür des Clubs. Das Neonschild erlosch. Die feuchte, belebende Kühle der Luft erinnerte ihn an die Luft am Meer. Dann fiel ihm ein, dass er am Meer war. Dass das Meer nicht schlief. Dass diese Stadt am Meeresufer schlief. Dass andere Städte ohne Meer schliefen. Dass Suzanne am Seineufer schlief, in einer Stadt mit einem stählernen Turm, einem sich drehenden Leuchtturm, der wacht, über sie, vor allem über die Abwesenden, die Rückkehr der Abwesenden, damit sie nicht untergehen, ein Scheinwerfer für die Schiffbrüchigen, damit man wenigstens klar sieht.

Das wäre gut, dachte er, während er auf der Straße ging, auf dem Bürgersteig wurde ihm schwindlig, auch Debbie war vom Bürgersteig heruntergekommen, sie wollte ihn nicht loslassen, er ging nicht geradeaus.

Das wäre gut, dachte er, wenn sie hierher zu mir käme, sie könnte die Seeluft genießen, dann wird's eben nichts mit ihrer Mutter, sie braucht ihr nur zu sagen, ich sei krank, und genau das bin ich auch, krank, nicht wahr, Debbie, ich bin doch krank? Wir besuchen sie ein andermal.

Das ist es, sagte Debbie. Sie meinte ihr Auto. Ich mache Ihnen die Tür auf. Kann ich Sie loslassen? Können Sie allein stehen? Jaja, sagte Simon. Sie ließ die Zentralverriegelung aufschnappen und half Simon dann beim Einsteigen.

Die gönnt sich auch alles, die Kleine, dachte er, als er

endlich in dem Cabriositz lag. Sie beutet die armen Musiker aus. Ich wüsste ja gern, wie viel sie den drei Jungs zahlt, ich muss sie mal fragen. Darf ich ihn auch mal fahren?, fragte er. Wenn Sie möchten, sagte Debbie, aber vorher müssen Sie schlafen. Sie auch?, fragte Simon. Ja, ich auch, sagte Debbie, alle Menschen gehen jetzt schlafen. Nein, sagte Simon, nicht alle, auf der anderen Seite der Welt ist es Zeit zum Aufstehen.

Die Spazierfahrt war zu kurz. Ja, wirklich, es ist schön, spazieren gefahren zu werden von einer Frau, die man liebt, auch wenn man es nicht will, das Hirn in Watte, die Augen voller Salz, Salz der beim Gähnen geweinten Müdigkeitstränen, Tränen voller Dunst, Spiegelungen, Lichter, welche die Leere behüten, die Stille beleuchten, die verwaisten Straßen, kein Wagen außer diesem, in dem wir spazieren gefahren werden, bewegungslos und wie hingegossen: Hier rühr ich mich nicht mehr weg, dachte Simons Hirn.

Da wären wir, sagte Debbie. Sie stieg aus, ging vorn um den Wagen herum, wie es ein galanter Mann an ihrer Stelle getan hätte. Der betreffende Mann war schon wieder eingeschlafen auf dem Todessitz. Debbie half ihm, sich aus dem Cabrio zu stemmen.

Wie vereinbart, mussten sie zu dieser Uhrzeit, fast drei Uhr morgens, den Portier wecken. Der in Gesellschaft eines kleinen, unter dem Tresen versteckten Fernsehers in seinem Armsessel schnarchte.

Der zu hell eingestellte Bildschirm warf von unten einen weißen Schein, Schatten, schwarz-weiße Kontraste auf sein

Gesicht, wie bei einer Totenmaske. Sie sind's, Madame Parker, sagte er. Der kennt sie anscheinend, dachte Simon.

Ja, ich bin's, sagte Debbie, ich habe Sie eben angerufen, um ein Zimmer für Monsieur Nardis reservieren zu lassen. Der Typ sah Simon an. Das ist der, dachte er. Ja, das bin ich, dachte Simon, der den Typen ansah, jedoch lediglich wie einen Grenzstein, wie ein letztes Hindernis vor seinem Bett.

Ja, ja, sagte der Typ, ja, ja, er kam zu sich und hörte gar nicht mehr auf mit seinem Jaja. Geben Sie mir den Schlüssel?, fragte Debbie. Warten Sie, warten Sie, sagte der Typ, jetzt hörte er gar nicht mehr auf mit seinem Warten-Sie. Simon begann zu stöhnen: Gehen wir?, sagte er, ich kann einfach nicht mehr. Ja doch, wir gehen, sagte Debbie: Also, geben Sie mir nun den Schlüssel?

Es war Zimmer 12 in der ersten Etage. Ein gar nicht so schlechtes kleines Zimmer, sogar eher gut, wie Simon am nächsten Morgen feststellen würde. Im Augenblick war er völlig benebelt. Und schlief vollständig angezogen wieder ein.

Sie müssen sich ausziehen, sagte Debbie, hören Sie? Sie tätschelte ihm die Wange wie einer ohnmächtigen Dame. So können Sie nicht schlafen, sagte sie. Doch, erwiderte Simon. O nein, sagte Debbie, kommt nicht in Frage: Na los, geben Sie sich ein bisschen Mühe, ich helfe Ihnen. Simon schläft wieder ein. Debbie rüttelt an ihm. Warten Sie noch ein bisschen, Sie werden schon sehen, ich kümmere mich um Sie. Simon lacht.

Worüber lachen Sie? Ich denke an Suzanne. Debbie:

Ihre Frau? Ja, sagte Simon, sie kümmert sich auch so um mich, sie ist nett, Sie sind auch nett, ich bin doch wirklich ein Glückspilz, ich kenne nur nette Frauen. Halten Sie die Klappe, sagte Debbie, helfen Sie mir lieber, morgen können Sie sie anrufen.

Suzanne schlief nicht. In ihren Ohren klingelte es. Ach, dachte sie, da wird gerade schlecht über mich geredet. Mitten in der Nacht, sicher ist er es. Ja bestimmt, aber mit wem redet er? Wem sagt er etwas Schlechtes über mich? Vielleicht niemandem, möglicherweise ist er ja auch allein. Er denkt ganz allein etwas Schlechtes von mir. Er denkt, dass er mich satt hat.

Aber nein, Suzanne, er zieht sich aus, und wenn man im Stehen einschläft, dauert das lange und ist so mühsam, dass einem übel wird davon. Und wenn einem jemand dabei hilft, dauert es noch länger. Mir ist kalt, sagte er. Debbie brauchte ihn nicht nach seinem Alter zu fragen. Die weißen Haare auf dem Oberkörper. Die faltige Haut.

Legen Sie sich unter die Decke, sagte sie, dann wird Ihnen warm. Simon: Ich muss pinkeln und außerdem habe ich Durst. Auch das noch. Debbie legte ihm seine Jacke über die Schultern. Okay, und jetzt gehen Sie pinkeln, trinken ein Glas Wasser und legen sich ins Bett, ich kann nämlich auch nicht mehr.

Simon kam aus dem Badezimmer zurück. Debbie achtete darauf, dass er sich ordentlich hinlegte. Sie stopfte die Decken um ihn fest, wünschte ihm eine gute Nacht, knipste das Licht aus und ging.

Die Wasserspülung machte Lärm. Wegen der Stille der Nacht. Aber sicher auch wegen der Dichtung am Absperrventil. Sie musste ausgetauscht werden. Dem Portier Bescheid sagen. Sie wartete, bis der Lärm aufhörte. Er wurde leiser, dann verstummte er. Jetzt ist alles still. Simon schläft. Ich kann gehen, dachte Debbie.

10.

Auch sie bildete sich ein, für Suzannes Tod verantwortlich zu sein. Debbie, meine ich. Dabei hatte sie nun wirklich keinen Grund. Aber man findet immer einen. Und sie fand einen. Ich habe ihr den Mann weggenommen, sagte sie mir. Aber nein, erwiderte ich, du hast ihr Simon nicht weggenommen, du hast sie an seiner Seite ersetzt. Und noch mehr in der Art. Aber ich war weit davon entfernt, sie überzeugen zu können. Nur sie wusste, was sie sich vorzuwerfen hatte. Man ist immer der Einzige, der es weiß.

Wir haben erst viel später darüber gesprochen. Sie war mit Simon übers Wochenende zu uns aufs Land gekommen. Wir waren für einen Augenblick allein. Simon machte nach dem Mittagessen mit Jeanne, meiner Frau, einen Spaziergang im Park.

Debbie und ich hatten uns unter dem großen Sonnenschirm im sonnigen Hof noch einen Kaffee eingeschenkt. Sie sagte mir, als sie dann endlich zu Hause gewesen sei:

Als ich dann endlich zu Hause war, konnte ich bei dem Gedanken, dass Simon allein in diesem Hotelzimmer schlief, kein Auge zutun. Ich liebte ihn schon, sagte sie. Sie ist bezaubernd, dachte ich, Simon ist ein Glückspilz.

Dann sagte sie: Ich wollte ihn zurückhalten, zumindest für ein paar Tage, und ihn dann nicht wieder weglassen, ihn zum Bleiben überreden, ihm sagen, was ihm sonst niemand mehr sagte, dass sein Leben die Musik war, das Klavier, Spielen und nicht – na ja. Ich wollte ihn in meiner Nähe haben. Ich warf mir vor, dass ich ihn nicht mit zu mir geschleppt hatte. Ich hätte mich durchsetzen sollen. Er hatte Lust dazu, das weiß ich, er hat es mir ja auch gesagt. Also habe ich, um mich zu betäuben, ganz allein weitergetrunken, habe an ihn gedacht und bin schließlich eingeschlafen.

Auch Suzanne gelang dies, allerdings ohne Alkohol, dank schierer Erschöpfung, als der Morgen anbrach mit seinem besänftigenden Licht des frühen Juni.

Simon schlief schlecht und wenig. In mehreren ein- oder zweistündigen Phasen. Das Ganze zog sich bis etwa zehn. Er hatte Hunger. Den Hunger spürte er. Von der Uhrzeit hatte er keine Vorstellung. Daran dachte er, als er sich waschen wollte.

Er ging ins Badezimmer. Er rieb sich über die Wange und dachte an seinen Rasierapparat. Er fuhr sich mit der Zunge über die Zähne und dachte an seine Zahnbürste. Er hatte weder das eine noch das andere. Nur einen Anflug von schlechter Laune. Und einen üblen Geschmack im Mund. Nur ein Zahnpastapröbchen und ein Tütchen Duschgel. Mist. Einen Spiegel? Das ja, einen sehr großen, und der tat seinen Dienst als Spiegel.

Simon drückte aus der lächerlichen Tube ein bisschen Zahnpasta auf die Fingerkuppe und rieb sich damit über die

Zähne, besser als nichts, dachte er. Der Minzegeschmack reizte seinen Magen. Ich habe Hunger, dachte er. So, jetzt dusch ich erst mal. Morgens redet man sich gut zu.

Im Allgemeinen das Erste, was er tut, bevor er ins Bad geht. Zu Hause in Paris badet er. Dass es hier nur eine Dusche ist, macht keinen Unterschied. Dusche oder Bad, vorher legt er Brille und Uhr ab.

Seine Brille war nicht auf seiner Nase. Natürlich nicht. Er nimmt sie immer zum Schlafengehen ab. Seine Armbanduhr war nicht an seinem Handgelenk. Nicht natürlich. Er nimmt sie nie zum Schlafengehen ab. Wo hab ich sie gelassen?

Sicher auf dem Nachttisch. Er erinnerte sich nicht, sie dorthin gelegt zu haben. Sehen wir trotzdem mal nach. Die Uhr lag auf dem Nachttisch. Das war bestimmt Debbie, dachte er. Sie muss mir die Uhr abgenommen haben. Stimmt, und unter die Uhr hatte sie einen kleinen Zettel mit folgender Nachricht gelegt:

Wenn morgen schönes Wetter ist. Blick aus dem Fenster. Es war schönes Wetter. Gehe ich an den Strand. Kommen Sie doch auch, wenn Ihnen das Herz dazu rät. Blick aufs Herz. Eher lau. Sein Magen hingegen schrie vor Hunger. Das sehen wir, wenn ich gegessen habe, dachte er.

Debbie hatte ein Postskriptum angefügt, das länger war als die eigentliche Nachricht: Ich bin immer rechts in einem stillen Eckchen hinter der dritten Buhne, vom Häuschen des Surfbrettverleihers aus gezählt. Simon duschte, zog sich an und ging nach unten.

Könnten Sie mir einen Gefallen tun?, fragte er den Jungen an der Rezeption. Simon hielt ihm den Schlüssel hin. Ohne ihn abgeben zu wollen. Ob er ihn loslassen würde, schien von der Antwort des Jungen abzuhängen. Der den Schlüssel am anderen Ende hielt. Gewiss, Monsieur, sagte der Junge. Nicht der von der Nacht: Worum geht es?

Simon ließ den Schlüssel los. Der Junge hängte ihn ans Brett und wandte sich ihm wieder zu: Bitte sehr?, fragte er. Ich wäre Ihnen sehr verbunden, Simon betonte das »wäre«, wenn Sie für mich nachfragen würden, wann der nächste Zug nach Paris fährt, am späten Vormittag oder frühen Nachmittag, ganz wie Sie mögen, ich gehe jetzt frühstücken, ich bin im Speisesaal, übrigens wo ist hier der Speisesaal? Gleich links, sagte der Junge, aber um diese Zeit.

10.30 Uhr. Keine Bedienung mehr. Nur ein verspäteter Gast weiter hinten. Er las noch die Zeitung zu Ende. Simon näherte sich ihm. Fragte, ob er noch darauf hoffen könne, etwas zu bekommen. Die Zeitung eine deutsche Tageszeitung. Die gesenkt wurde und das mürrische Gesicht eines Mannes enthüllte, der Simon antwortete: Fragen Sie in der Küche nach.

Mit seinem Rufen erreichte Simon, dass ein Mädchen an die Durchreiche kam und sich zur Zubereitung einer Kanne Tee bereit erklärte: Ich bringe sie Ihnen dann, sagte sie. Ich setze mich an den Tisch da, sagte Simon.

Der zufällig ausgewählte Tisch bot einen Platz mit dem Rücken zum Deutschen. Nein, nicht wegen irgendwelcher Kriegsressentiments. Simon hasste es, wenn man ihm beim

Essen zusah. Vor allem, wenn man vor Hunger stirbt. Dann ist Schluss mit den guten Manieren. Er fühlte, dass er sich voll stopfen würde. Zumal er in der Mitte des Speisesaals auf einem noch nicht abgeräumten runden Tisch einen Korb voller frischer Backwaren erspäht hatte.

Er verschlang gerade sein drittes Croissant. Die junge Frau brachte ihm den Tee. Er dankte ihr mit vollem Mund und schenkte sich dann eine große Tasse voll, ohne ihn vorher ziehen zu lassen. Die nächste Tasse wird dann besser, dachte er.

All das hatte einen gewissen Geschmack nach Freiheit. All das, nämlich das Woanders-Sein. In einem anderen Geruch. In einer anderen Zeit. An einem neuen Ort, der die Augen beschäftigt. Die Fenster gehen nicht auf denselben Himmel. Der Tee hat nicht denselben Geschmack. Sich mit Croissants voll schlingen. Dabei denken, lange her. Sich glücklich fühlen. Der Junge von der Rezeption kam mit der Auskunft.

Hier ist Ihre Auskunft, sagte er. Ein bisschen ein Ohrfeigengesicht, aber absolut nett. Er überflog noch einmal seine Notizen. Und fragte sich beim Lesen, ob Simon es wohl würde lesen können. Er kam offenbar zum Schluss, dass nicht, denn er zögerte kurz und behielt dann den von einem Block abgerissenen Zettel, nach dem Simon schon die Hand ausgestreckt hatte.

Ich kann nicht gut schreiben. Die Orthographie, sagte Simon. Nein, erwiderte der Junge, die Rechtschreibung. Gut, dann höre ich also, sagte Simon. Und die Graphologie?, fragte er sich, während der Junge seine Notizen laut vorlas. Würden Sie's noch einmal wiederholen, ich hab nicht zugehört, sagte Simon. Der junge Mann lächelte und las freundlich noch einmal den Anfang vor.

Abfahrt 10.12 Uhr. Ankunft in Paris 13.05 Uhr. Aber der ist schon weg. Jetzt lächelte Simon. Danach haben Sie noch den um 13.21 Uhr, sagte der Junge, dann kommen Sie um 15.47 Uhr an. Tatsächlich?, erkundigte sich Simon, er wunderte sich, dass der zweite schneller war: Sind Sie sicher? Ja, sagte der Junge, oder Sie nehmen einfach den um 15.23 Uhr, dann sind Sie um 18.07 Uhr in Paris.

Simon hätte es fürchterlich gefunden, Paris um 18.07 Uhr wiederzusehen. Jeder hat seine dunkle Stunde. Für Simon war sie um sechs Uhr abends. Gut, ich seh mal zu, vielen Dank, das war sehr freundlich von Ihnen, lassen Sie mir den Zettel hier?

Der Zettel des Jungen stieß in Simons Tasche auf Debbies Zettel. Ach, sagte er und rief den jungen Mann noch einmal zurück: Das Häuschen vom Surfbrettverleiher, wo ist das?

Am Strand, sagte der junge Mann. Das dachte ich mir schon, sagte Simon, aber wo genau? Da gleich gegenüber, sagte der junge Mann, Sie gehen über die Uferstraße, nehmen die erste Treppe rechts runter zum Strand, und da ist das Häuschen, aber erstens ist gerade Ebbe und zweitens kein bisschen Wind.

Macht nichts, sagte Simon, trotzdem danke für den Zug. Gern geschehen, Monsieur, sagte der Junge. Und ging.

Kurze Zeit später sah Simon ihn wieder, als er seine Rechnung zahlen wollte, bevor er nach draußen ging. Debbie hatte schon bezahlt. Wann?, fragte Simon. Heute früh so gegen zehn, sagte der Junge. Simon verließ das Hotel.

II.

Bis zu dem Zug um 13.21 Uhr hatte er noch Zeit, am Strand spazieren zu gehen, Debbie zu sehen, wenn er sie fand, wenn sie wirklich dort war, sie hatte gesagt, wenn schönes Wetter ist, aber man weiß ja nie, und dann musste er noch Suzanne Bescheid sagen, ja, genau, nicht vergessen, Suzanne anzurufen, dachte er beim Verlassen des Hotels.

Was frappiert uns bei unseren allerersten Schritten an einem Vormittag, auch wenn der schon fast vorüber ist, auf einer kleinen Straße, die zum Meer führt? Die Leichtigkeit der Luft.

Das ist natürlich nur ein Eindruck. Die Luft ist auch nicht leichter als anderswo. Es liegt eher am Geruch, oder am Licht und sicher an der Kühle, selbst unter der Elf-Uhr-Sonne, der noch feuchten Kühle der Luft, und dann natürlich am Himmel, dort wo sich das Meer mit ihm vereinigt, am völligen Fehlen von Hindernissen am Horizont, wenngleich darüber, und zwar nach Westen, eine kleine Wolkenkarawane zieht.

Nur ein Eindruck natürlich. Aber ein Eindruck kann nur auf ein Herz wirken, das ebendanach strebt, beeindruckt zu werden. Und dazu muss man sich leicht fühlen.

Simon fühlte sich leicht. Er hatte zu viel gegessen, fünf Croissants, doch ihm war leicht ums Herz. Ihm passierten lauter angenehme Dinge, die ihm schon sehr lange nicht mehr passiert waren. Klavier spielen, Alkohol trinken, im Hotel schlafen, an einem Junitag morgens um 11 Uhr unrasiert auf die Straße gehen, am Meer sein, es sehen, von einem Haufen Leute geliebt werden wie am Abend zuvor, geliebt werden, verliebt sein und es glauben, kurz, er hatte ein Rendezvous.

Denk dran, Suzanne anzurufen, sagte er sich, um sich nicht rundum glücklich zu fühlen, wäre doch schade, sich nicht ein bisschen schuldig zu fühlen, aber es macht nichts, sie wird nie davon erfahren, dachte er ein wenig feige, ein wenig schändlich, gerade so viel wie nötig, und außerdem ist das Wetter schön, also.

Also nichts. Das Meer war weit weg. Kein bisschen Wind. Ein Haufen junger Leute fläzte sich rund um den Surfbrettverleih. Simon in seinem Straßenanzug ging an dem Ganzen vorbei und fragte sich, ob diese jungen Leute nichts Besseres zu tun hatten, als mit um die Taille gerollter Surferkluft auf Wind zu warten, nichts Besseres, als auf das Meer zu warten. Dann, als ihm einfiel, dass im Juni Ferien sind, dachte er an das Studium seines Sohnes. Das nicht sonderlich glor-, aber schließlich doch erfolgreich gewesen war. Gut so, dachte er, denn ich selbst bin keine Leuchte, seine Mutter jedoch ist intelligent und resolut wie er. Denk dran, sie anzurufen, sagte er sich und dann, hör auf zu denken, du verdirbst noch alles.

Keine Gefahr. Das Meer ist da. Es ist immer da. Man kann weggehen, sogar für sehr lange, man kommt zurück, es ist da. Hast du mich erwartet?, fragte er. Na komm schon her, bleib nicht so ganz allein da hinten. Dummes Meer. Siehst du mich nicht? Dabei bin ich doch hier. Er musste an sich halten, um nicht zu winken, wie damals als kleiner Junge, und zu schreien: Huhu, Meer, ich bin wiedergekommen, hier bin ich. Mit offener Jacke, die Hände in den Taschen, die Augen und dann das ganze Gesicht der endlich aufkommenden leichten Brise ausgesetzt, hatte sich Simon auf dem harten, feuchten Sand vor dem Meer aufgebaut.

Zuerst hatte er zu ihm gesprochen. Das tat er immer, wenn er zu ihm kam. Er duzte es. Das stachelte die Gefühlsbewegung an. Die Gefühlsbewegung hatte sich eingestellt, aber nicht so stark wie erwartet. Unvermutet schnell wurde er es müde, das Meer anzusehen. Sicher, weil es so niedrig war, so weit weg. Und er so alt, so müde. Er beschloss loszugehen.

Rechts, nicht wahr? Er las noch einmal die Nachricht. Fragte sich, ob Debbie da sei. Ob sie gekommen war. Ob sie noch da sein würde. Es wäre besser, wenn nicht, dachte er. Wo noch mal? Hinter der dritten Buhne? Wieder las er die Nachricht, behielt den Zettel in der Hand, und wie ein mit der Karte in der Hand voranschreitender Forschungsreisender entdeckte er die erste Buhne. Es war 11.20 Uhr.

Sie ist weit weg, dachte er. Ein stilles Eckchen, hat sie gesagt. Ich versteh schon, warum. Niemand bringt die Ausdauer auf, so weit zu laufen. Ich schon, aber ich, nun gut.

Er steckte Debbies Zettel weg. Stieß auf den mit den Abfahrtszeiten. Warf noch einmal einen Blick darauf. 13.21 Uhr, las er noch einmal.

Zwei Stunden habe ich noch, dachte Simon. Mehr als genug. Zu wenig und zu viel. Es wird weiter nichts geschehen. Wir reden ein bisschen. Ich rufe Suzanne an. Bestelle ein Taxi. Springe in den Zug. Vielen Dank. Es war ein wunderbarer Abend.

Hinter der dritten Buhne war niemand. Simon dachte, er habe sich geirrt. Er zählte noch einmal die Buhnen. Vom höchsten Felsblock aus. Die Hand über den Augen. Staunte, dass er eine solche Entfernung zurückgelegt hatte. Dieser lange, gebogene Schaumstreifen.

Der kühle Wind vom Meer fuhr ihm unter die Jacke und ließ die dünne Schweißschicht erkalten, was eine eigenartig unbestimmte Empfindung bei ihm auslöste, zwischen warm und kalt, ein leichtes Frösteln bei leichtem Erhitztsein.

Simon flüchtete sich hinter die Buhne und zog, vorm Wind geschützt und in der prallen Sonne, seine Jacke aus, breitete sie auf dem feuchten Sand aus und setzte sich darauf. Dann krempelte er die Hemdsärmel hoch, legte die Hände um die Knie und betrachtete das Meer. Rasch kam er in den Genuss des berühmten Ewigkeitsgefühls. Logischerweise gefolgt von Todessehnsucht. Man hielt ihm die Augen zu.

Zwei kühle Hände wollten wissen, wie er lieber sterben möchte. Im vollen Bewusstsein oder ohne darum zu wissen? Dieser Dummbold wollte es wissen. Er verschaffte sich wieder Sicht, behielt jedoch die Hände in den seinen und knotete sie sich um den Hals, oder vielmehr die Arme, schmale Arme, die gut zu den kühlen Händen in seinen Händen passten, er zog an den Armen und fühlte in seinem Rücken ihre Brust, dann hörte er ihre Stimme.

Ich habe Ihnen etwas mitgebracht, sagte Debbie. Ach ja? Simon zog im Sitzen Schuhe und Socken aus und krempelte die Hosenbeine hoch. Uns geht's gut, dachte er, es tut gut. Debbie sagte: Das hab ich Ihnen mitgebracht.

Simon wandte sich um. Sie stand hinter ihm. In der einen Hand die offene Tasche, hielt sie ihm mit der anderen das Etui entgegen. Simon saß immer noch und verrenkte sich den Hals, um zu sehen, was Debbie ihm zeigte. Er stand auf: Was ist das? Die Sonne in den Augen. Machen Sie's auf, sagte Debbie, dann sehen Sie's.

Kaum hatte er das Etui, einen Mini-Tenorsaxofonkasten, in der Hand, verlor Simon schon das Interesse daran und sah Debbie an. Ich habe Lust, Sie zu küssen. Sie lachte. Frauen finden dieses kindliche Verkünden von Wünschen immer belustigend. Als sie lachte, sah man ihre kleinen Zähne. Sie war sehr niedlich. Ich habe Simon oft beneidet.

Das Etui ist mir wurscht, und was drin ist, erst recht, sagte er, nun schon etwas heftiger, was ich will, ist Sie küssen. Er brauchte es ja nur zu tun, statt sie zu fragen. Abgewiesen werden ist immer noch besser als es gar nicht versuchen. Nicht, bevor Sie sich rasiert haben, sagte Debbie. Ach so, sagte Simon.

Er öffnete das Etui. Ein Rasierapparat also. Nein wirklich, sagte er, Sie sind verrückt, das hätten Sie nicht tun sollen, was soll das denn geben? Und was soll ich überhaupt am Strand mit einem elektrischen Rasierapparat? Er ist batteriebetrieben, sagte Debbie. Aber jetzt haben wir genug herumdiskutiert, rasieren Sie sich, und ich creme mich inzwischen ein.

Wer Creme sagt, sagt Haut. Wer bräunende Haut sagt, sagt bloße Haut. Wer bloße Haut sagt, sagt abgelegte Kleidungsstücke. Simon, der sich rasierte, wagte nicht hinzusehen. Ich muss Suzanne anrufen, dachte er. Der Rasierer surrte. Rasierte rein gar nichts weg, aber surrte.

Während er sich über die erste Wange rieb. Er war immer noch bei der ersten Wange. Fragte sich Simon, ob er sich wirklich weiter mit diesem Gerät abmühen sollte, das rein gar nichts wegrasierte. Es wird damit enden, dachte er, dass ich mir die Backe demoliere. Sie hat mir was aus eigenen Beständen untergejubelt, dachte er, das Ding, mit dem sie sich die Beine rasiert. Himmel, wie fürchterlich wäre es mir, wenn ihre Beine piekSten. Aber nicht doch, offensichtlich lässt sie sich epilieren.

Kurzum: Mach weiter, sagte er sich, feste, denn trotz allem rasierte das Ding wenigstens ein bisschen was weg, wenn man sich Mühe gab: Sagen Sie, sagte er, ohne ihr beim Ausziehen zuzuschauen: Wenn es mir nicht gelingt, mich mit diesem Schrott hier zu rasieren, küssen Sie mich dann trotzdem? Der Geruch der Sonnencreme. Er dachte, jetzt könne er hinschauen.

12.

Das ärmellose Kleid, in schönem dunklen Blau, lag sorgsam ausgebreitet auf dem ebenmäßigen, tiefgelben Sand. Hübscher Satz. Daneben ein etwas längeres weißes Handtuch, ebenfalls schön glatt auf dem Sand ausgebreitet, und auf dem weißen Handtuch Debbie im schwarzen Badeanzug. Vergiss nicht, Suzanne anzurufen, dachte Simon.

Übrigens, sagte Debbie, ich habe mich nach den Abfahrtszeiten der Züge erkundigt. Ich auch, sagte Simon. Er blies über das Scherblatt des Rasierers, legte ihn in das Etui zurück und setzte sich dann neben Debbie. Wollen wir doch mal sehen, ob Sie dieselben Züge haben wie ich, sagte sie, geben Sie mir meine Tasche.

Debbies Französisch hatte einen entzückenden amerikanischen Akzent. An ihre Tasche kam sie, weiß der Himmel warum, nicht heran. Solche Beutel nahm man damals mit ins Schwimmbad. Oben von einer durch goldfarbene Ösen laufenden Kordel verschlossen. Simon reichte ihn ihr.

Debbie wühlte darin herum und fand, was sie aufgeschrieben hatte, sowie ihre Brille, derentwegen ihr Simon ein Alter unterstellte, das man ihr nicht ansah.

Ihr Badeanzug stand ihr wunderbar. Besser noch. Er schien nicht nur für sie, sondern ihr auf den Leib geschneidert zu sein, vielleicht sogar aus ihrer Haut. Da dies jedoch unmöglich ist, musste sie so auf die Welt gekommen sein, im einteiligen schwarzen Badeanzug.

Als sie ihren Schwimmbeutel, dieses kordelverschnürte Chaos, abstellte, konnte Simon sehen, wie sich dabei in der Leistenbeuge und unter der Achsel auf ihrer Haut Falten bildeten. Debbie war wirklich in dem Alter, das man ihr nicht ansah.

Der nächste, sagte sie, fährt um 13.27 Uhr, jetzt ist es zwölf, also haben wir noch ungefähr anderthalb Stunden. Sind Sie sicher?, fragte Simon. Er streckte den Arm aus und suchte in der Jackentasche.

Nein, sagte er, den Zettel in der Hand, Sie irren sich, der nächste fährt nicht um 13.27 Uhr, sondern um 13.21 Uhr; 13.27 Uhr ist die Ankunftszeit des vorherigen, und der ist schon abgefahren.

Debbie kam es auf sechs Minuten nicht an. Sie sagte es ihm. Simon kam es schon darauf an. Sechs Minuten, sagte er, sind wichtig, man kann seinen Zug auch noch knapper verpassen, wenn ich auf Sie hören wollte, würde ich ihn verpassen.

Na und dann?, fragte Debbie. Und dann, und dann, sagte Simon. Wäre das so schlimm? Schlimm, schlimm nicht, sagte Simon, aber. Aber, aber, sagte Debbie. Ja, ja sagte Simon. Ach ja, sagte Debbie. O ja, sagte Simon. Ach ja, wiederholte Debbie. O ja, wiederholte Simon. Und jeder wiederholte es einige Male, Debbie ihr Achja, Simon sein Oja.

Und da dieses »Achja-Oja« einen Swing erkennen ließ, improvisierten sie einen kleinen Blues. Debbie schnippte mit den Fingern, um ihr »Achja« zu akzentuieren, Simon antwortete mit seinem »Oja«. Simon erzählte mir, so hätten sie mindestens 96 Takte lang in B improvisiert. Dann seien sie beide außer Atem in Lachen ausgebrochen.

Weil sie über dasselbe lachten, sahen sie sich an. Weil sie sahen, dass sie über dasselbe lachten, küssten sie sich. Und dann, wirklich, ich bin mir unschlüssig.

Ich bin mir unschlüssig, ob ich wiedergeben soll, was sich danach zutrug. Ob es wirklich unerlässlich ist. Und sage mir andererseits, was mit Sex zu tun hat, ist es nie, unerlässlich. Ich frage mich vor allem, wie ich es tun kann, ohne vulgär zu werden. Simon hat es mir ganz unvulgär erzählt. Sogar diskret, würde ich sagen, mit seiner natürlichen Diskretion, seiner ganz persönlichen Art, diskret zu sein.

Ich würde es gern versuchen. Zumal es der Grund dafür war, dass Simon seinen Zug schon wieder verpasste. Ich sage verpasste, aber nein, er hat ihn nicht verpasst. Diesen Zug hat er ganz einfach nicht nehmen wollen. Und deshalb musste er Suzanne belügen. Und wegen dieser weiteren Lüge ist Suzanne losgefahren, um ihn abzuholen, und dabei ums Leben gekommen.

Als Simon mir diese Liebesszene beschrieb, fand ich es zauberhaft, denn es handelte sich um einen alternden Mann und eine alternde Frau, die eine solche Gefühlsbewegung, von solcher Intensität und Schönheit in ihrer Gewalt, wohl nicht wieder erleben würden.

Kurz, jetzt überlege ich schon seit einer Stunde, wie ich die Sache anpacken soll. Ich mache es, wie ich es meistens tue, wenn ich in Verlegenheit bin, ich fange an, nicht am Anfang oder am Schluss, sondern am ersten sich bietenden Ende.

Simon hatte es sich in den Kopf gesetzt, seine Hose im Meer zu waschen. Es war übrigens wieder Flut. Das Labyrinth der algenbewachsenen Felsen verschwand unter einer Wasserschicht.

Aber warum zum Teufel wolltest du deine Hose im Meer waschen?, fragte ich ihn. Simon sagte: Weil ich mich schmutzig gemacht hatte. Wie, schmutzig?, fragte ich. Seit wann wird man davon schmutzig? Simon sagte: Ich hatte mich nicht ausgezogen, keine Zeit, zu eilig, zu drängend, zu brennend, was weiß ich, zu unerwartet, zu überraschend, kein bisschen vorhergeplant, und dann die Scham, ich weiß auch nicht, die Tatsache, dass ich im Freien war, einfach so, am Meer, ich hatte das noch nie getan und ich habe es getan, ohne darüber nachzudenken, ohne darüber nachzudenken, dass man so etwas nicht tut, ich nehme an, du verstehst.

Nein, ich verstand nicht. Ich bin zweifelsohne blöd, aber ich verstand nicht, wie er es fertig gebracht hatte, mit sämtlichen Sachen ins Wasser zu fallen. Ich verstand, dass er auf einem Felsen ausgeglitten war, das ja, die sind glitschig, aber ich verstehe immer noch nicht, warum er so weit hinausgegangen war, in der Unterhose, um seine Hose zu waschen.

Simon wurde ganz rot und sagte mit einem Lächeln, mit seinem bezaubernden schüchternen Lächeln, ich mochte

Simon sehr, er sagte: Debbie und ich, als wir uns so aneinander drängten und küssten wie die Wilden, haben unsere Kleidung nur so weit geöffnet, dass Platz genug für die Liebe war, und danach sind wir noch einen Augenblick still ineinander liegen geblieben. Nur lagen wir so, nämlich leicht geneigt, dass ich von Debbie alles zurückbekam, was ich ihr gegeben hatte, und als wir uns trennten, ich meine, als wir uns voneinander lösten, um uns wieder zu verschließen, ich meine unsere Kleidung, stellte ich fest, dass ich ganz durchnässt war.

Na und?, fragte ich. Na und, na und, sagte Simon, du magst lachen, aber ich hatte Angst, ich dachte an Suzanne. Ich: Dass du sie anrufen musstest? Nein, sagte Simon, dass sie mich anbrüllen würde, also fackelte ich nicht lange, ich zog meine Hose aus und rannte zum Meer, um sie zu waschen.

Ich: Und bist ins Wasser gefallen. Er: Nicht beim Laufen, lachte er, es brachte ihn zum Lachen, als er sich alles noch einmal in Erinnerung rief: Es passierte, als ich mich über das Wasserloch beugte, um meine kleine Wäsche zu erledigen, ein großer Tümpel mit einem Krebs und Krabben, du weißt schon, welche Sorte, ich rutschte auf den Algen aus, ich war barfuß, na ja und platsch.

Und Debbie?, fragte ich. Was ist mit Debbie?, fragte er. Er sah mich leicht erschrocken an. Zu Unrecht. Ich hatte nicht vor, ihn zu fragen, ob auch sie sich bei der Liebe schmutzig gemacht hatte: Was tat sie? Sie lachte, sagte Simon. Als ich reinfiel, brach sie in Lachen aus. Ich hörte sie, dabei war ich weit entfernt. Erst hat sie geschrien und dann gelacht. Und erst recht, als sie mich zurückkommen sah.

Ich: Und dann? Na und dann zog ich das Hemd aus, es war klatschnass, und legte mich so, in der Unterhose, in die Sonne, wobei ich mir zwei, drei Dinge überlegte, genauer gesagt, vier:

1) So kann ich nicht zurückfahren.

2) Es ist 12.55 Uhr.

3) Bis das trocken ist.

4) Ich nehm den nächsten.

Mit einem Mal stand Debbie auf. Sie macht sich Gedanken wegen des Zugs, dachte ich. Wo wollen Sie hin?, fragte ich. Ich kaufe Ihnen ein Hemd und eine Hose, sagte sie. Aber nein, sagte ich, nicht doch. Welche Größe?, fragte sie mich, 44 oder 48? Und ich: Hemd- oder Hosengröße? Sie: Beides. 44, sagte ich, beim Hemd, 52 bei der Hose, aber noch einmal, Sie sollen das nicht tun, ich verbiete es Ihnen einfach. Und weißt du, was sie da antwortete? Halten Sie die Klappe, Chéri.

Simon sagte mir, er habe ihr nachgesehen, wie sie davonging, ihr blaues Kleid, die langen, braunen Beine, ihre Sandalen und ihre Badetasche, und vor allem ihr entschlossener Schritt.

Sie ging über den Strand hinauf zur Straße, und als sie an der Telefonzelle hinter der Buhne vorbeikam, dachte Simon: In der Zwischenzeit rufe ich Suzanne an, ich nutze die Zeit und rufe sie an. Es war 13 Uhr.

13.

Sie hören France Inter, es ist 13 Uhr. Die Nachrichten. Doch bevor wir diese Mittagsausgabe beginnen. Möchten wir. Ihnen die Tage nicht verderben, die noch vor Ihnen liegen. An diesem langen Wochenende mit dem herrlichen Wetter. Doch zur Vorsicht mahnen.

Wir erfahren soeben, dass ein schrecklicher Unfall. Wir haben Harry Tabanen, Ex-Rennfahrer und doppelter Rallye-Weltmeister, inzwischen Europaabgeordneter, ans Telefon bekommen können, hören wir, was er zu sagen hat:

Ich besitze ein Haus in Südfrankreich und bin daher regelmäßig auf den französischen Landstraßen unterwegs, gestatten Sie mir zu sagen, dass die Franzosen eine skandalöse Fahrweise haben.

Langsamer, sagte sie sich. Debbie fuhr wie eine Verrückte durch die Straßen des Badeorts. Langsamer, altes Mädchen, bloß jetzt keinen Unfall, du hast den Mann deines Lebens gefunden, und er wartet auf dich. Da vorn ist rot, anhalten.

Sie nutzte die Gelegenheit und schaltete das Radio aus.

Es war noch die Rede vom Präsidenten, ihrem Präsidenten, dem amerikanischen. Eine Liebesgeschichte. Sie ließ ihr dunkelblaues deutsches Cabrio mit dem hellblauen Verdeck ziemlich aufs Geratewohl irgendwo stehen und stürzte in einen Laden.

Madame Parker, wie gut Sie aussehen heute Morgen, sagte die Inhaberin, die auf der Schwelle schon auf sie gewartet zu haben schien, und außerdem kommen Sie gerade recht, ich habe da ein paar sehr niedliche kleine Kombinationen hereinbekommen, die Ihnen gefallen könnten, möchten Sie mal schauen?

Später, sagte Debbie und nahm ihre Sonnenbrille mit einer sehr knappen, keine Diskussion duldenden Geste ab, ihre Augen wanderten bereits durch den hinteren Teil des Ladens. Im Augenblick brauche ich eine Hose in Größe 52. Die Inhaberin sah sie an. Eine Herrenhose, präzisierte Debbie. In diesem Fall müssen Sie sich an Francine wenden, sagte die Geschäftsführerin.

Debbie wandte sich an Francine in der Herrenabteilung. Eine helle, neutrale, beige, leichte Sommerhose, ja, mit Bundfalten, und ein weißes Hemd, nein, nicht mit langen Ärmeln, lieber kurzärmelig, dann wird ihm im Zug nicht so heiß, falls er ihn nimmt. Wie bitte?, fragte Francine. Nichts, gar nichts, sagte Debbie.

Simon fröstelte am Strand. Aus einem ganzen Haufen Gründen. Die Gefühlsbewegung, die Nerven, das kalte Wasser, die vorübergehende Erschöpfung nach der Liebe.

Er hatte sich in Debbies weißes Badelaken gehüllt und

dann, weil sein Zittern nicht aufhören wollte, beschlossen, die nasse Unterhose auszuziehen, dabei immer nur von einem einzigen Gedanken besessen, Suzanne anrufen.

Er stand auf und knotete sich das Handtuch um die Taille. Dann legte er die Unterhose zum Trocknen auf einen Stein. Dann suchte er in der Tasche, der Innentasche seiner Jacke. Dann in seiner Brieftasche. Um mit der Telefonkarte zur Zelle hinter der Buhne zu gehen.

Ich bin's, sagte er, ich dachte schon, du wärst noch nicht vom Markt zurück. Ich bin gerade wieder hier, sagte Suzanne. Und du?, fragte sie. Wann kommst du? Ich komme nicht, sagte Simon. Wieso denn das? Ich habe ihn schon wieder verpasst, sagte Simon. Schweigen, untermalt von den Geräuschen des Gemüses, das in die Kühlschrankschublade geräumt wurde.

Simon: Was machst du da? Suzanne: Ich räum die Einkäufe weg, ich hab keine Lust, dass mir bei der Hitze alles verdirbt. Simon: Das kannst du später tun, im Augenblick rede ich mit dir. Ja, sagte Suzanne, du redest mit mir, du sagst mir, du hast ihn schon wieder verpasst, deinen Zug. Sie explodierte: Bin ich dir eigentlich völlig egal? Was ist denn jetzt schon wieder passiert?

Ein Missverständnis, sagte Simon, ein Irrtum, zwei Auskunftsquellen, die sich widersprachen: Der Junge vom Hotel, die erste Quelle, sagte 13.21 Uhr, Debbie hingegen, die zweite Quelle, sagte mir 13.27 Uhr, dabei ist 13.27 Uhr die Ankunftszeit des vorherigen Zugs, du weißt schon, von dem, den ich verpasst habe, ich hätte mich auf den Jungen im Hotel verlassen sollen, aber ich habe mich auf Debbie verlassen, und als ich um 13.25 Uhr auf dem Bahnsteig stand, war der Zug schon weg. Scheiße, dachte er, es ist ja noch gar nicht 13.25 Uhr.

Suzanne: Wer ist das? Simon: Wer? Suzanne: Diese Debbie? Die Inhaberin des Clubs, sagte Simon, sie hat mir erlaubt, auf dem Flügel zu spielen, sie ist übrigens Sängerin, und gar nicht mal schlecht, Amerikanerin, Weiße, wir haben ein Duo gemacht.

Verstehe, sagte Suzanne, hör gut zu: Bleib, wo du bist, ich hole dich ab. Wunderbar, sagte Simon, dann können wir zusammen zurückfahren, wir beide im Wagen, das ist mir viel lieber als der Besuch bei deiner Mutter, übrigens könnten wir auf dem Rückweg bei ihr vorbeischauen, du brauchst sie nur anzurufen und ihr zu sagen, ich sei krank, wir könnten sogar über Nacht hier bleiben, ich behalte mein Zimmer, wir schauen uns hier um und fahren dann nach Hause, dann hast du auch was vom Meer, was meinst du?

Schweigen. Debbie kam zurück. Simon: Wann, meinst du, kommst du an? Hängt davon ab, sagte Suzanne, gegen 18 Uhr, wenn der Verkehr gut läuft. Jetzt, mitten im Wochenende, müsste er gut laufen, sagte Simon, aber 19 Uhr reicht, finde ich, wozu solltest du rasen, ich erwarte dich in jedem Fall im Hotel.

Debbie kam auf ihn zu, in der Hand eine grüne Tüte mit Hemd und Hose. Sie hat sich beeilt, dachte Simon. Welches Hotel?, fragte Suzanne. D'Angleterre, sagte Simon. Und die Adresse? Weiß ich nicht, sagte Simon, aber hier gibt's bestimmt nicht so viele davon, du kannst doch fragen. Suzanne: Ich will die Adresse, hörst du, gib mir die Adresse.

Na gut, sagte Simon, Augenblick mal. Er riss die Telefonzellentür weit auf und rief nach Debbie, die gerade vorbeiging: Wie war die Adresse des Hotels? Debbie antwortete ihm, ebenfalls schreiend. Schreibst du sie auf?, fragte er. Suzanne notierte sie, und dann: Wo bist du jetzt? Von wo rufst du mich an?

Aus einer versandeten Telefonzelle am Strand, sagte Simon, warum? Hast du getrunken?, fragte Suzanne. Nein, sagte Simon, nur einen kräftigen Schluck Meerwasser, warum? Und diese Debbie ist jetzt bei dir? Ja schon, warum? Nur so, sagte Suzanne, ich komme.

14.

Das Wasser lief wieder auf. Der 13.21-Uhr-Zug rollte Richtung Paris. Die Unterhose trocknete. Simon hatte sie nicht ausgewrungen. Das Trocknen konnte dauern. Die Sonne hatte sich versteckt. Eine Wolke zog über den Himmel. An eine Unterhose hatte Debbie nicht gedacht. Simon auch nicht. Aber es hatte ja alles keine Eile mehr. Der nächste Zug würde, wie die vorherigen und alle späteren, ohne Simon abfahren.

Im weißen Frottee-Lendenschurz, mit verstimmter Miene und der Telefonkarte in der Hand, ging er zu dem Felsen zurück, auf dem seine Unterhose trocknete. Debbie zog ihr blaues Kleid aus. Es war auf den Schultern zu öffnen und fiel ihr auf die Füße. Ich gehe schwimmen, sagte sie.

Die Sonne kehrte zurück. Die Wolke zog vorüber. Ich brauche eine kleine Abkühlung, sagte sie. Und ich werde mein Handtuch brauchen. Ist Ihnen kalt? Sie zittern. Ziehen Sie sich um. Ich habe Ihnen trockene Sachen gekauft. Ist es gut gegangen? Was?, fragte Simon. Mit Ihrer Frau. So einigermaßen, sagte Simon.

Simon wartete, bis Debbie im Wasser war. Sie musste nicht weit laufen. Das Meer war ihr entgegengekommen.

Als ihr Körper endlich eintauchte, entkleidete Simon den seinen.

Debbie schwamm vom Ufer weg. Schwimmen Sie nicht zu weit hinaus. Wenn meine Frau mir den Laufpass gibt, ist es mir viel lieber, wenn Sie noch am Leben sind, dachte er, band seinen Lendenschurz los, gab ihm die Form eines Badetuchs zurück, legte es schön glatt auf den Sand und dann sich selbst nackt darauf.

Traurigkeit befiel ihn, als er das gestärkte Hemd von all seinen Pappverstärkungen und Nadeln befreien musste. Er zog es über. Die Hose war zu lang. Er krempelte die Hosenbeine um. Eigenartiges Gefühl, dachte er, so mit dem nackten Hintern in der Hose. Dann schaute er, ob seine Unterhose Trocknungsfortschritte machte. Fasste sie an, feucht. Wrang sie aus, Wasser floss heraus. Ich hätte sie schon früher auswringen sollen, dachte er.

Traurigkeit befiel ihn. Trotz der ähnlichen Form, der von Shorts, ist eine Unterhose keine Badehose. Das Material macht den Unterschied, dachte er. Sie ist nicht dafür geschaffen, man badet nicht damit, dachte er und betrachtete das Wäschestück traurig, und während er es betrachtete, wiederholte er innerlich: Nicht dafür geschaffen, und während er es wiederholte, dachte er:

Genauso wenig, wie ich dafür geschaffen bin, meine Frau zu betrügen, obgleich ich sie oft betrogen habe. Genauso wenig, wie ich dafür geschaffen war, als Berufspianist weiterzumachen. In Wahrheit weiß ich nicht, wofür ich geschaffen war.

Debbie kam zurück. Die Schönheit, dachte er, dafür war ich geschaffen, dafür, sie zu bewundern, zu lieben und sie wenn möglich selbst hervorzubringen, zu schaffen. Nur gibt es im Jazz keine Schönheit. Swing, ja, den gibt es, Gefühl, Freude und Tanz im Körper, sogar Wut, Trauer oder Fröhlichkeit, aber keine Schönheit, leider.

Seht sie euch an, seht, wie schön sie ist, dachte er. Du gehörst mir. Nie habe er das von einer Frau gedacht, vertraute er mir an.

War es der Anfang von etwas? Oder war es nicht eher das Ende von etwas? Weder noch. Beides. Etwas anderes. Etwas dazwischen. Daher diese Niedergeschlagenheit des Wartens in einer stillstehenden Zeit, in einem Vakuum, in dem sich etwas entscheiden sollte. Nicht unbedingt, dachte Simon, das ist sicher nur ein Gefühl. Er korrigierte sich: eine Illusion.

Es war nur ein abgefahrener Zug. Eine Frau anstelle der anderen. Wann geht der nächste?, fragte sie, als wollte sie Simons Blick, der sich an all ihrer nassen Haut festklammerte, ablenken.

Simons Geruch war anscheinend in das weiße Handtuch eingedrungen. Du riechst gut, sagte sie. Sie tupfte sich das Gesicht damit trocken, dann hüllte sie sich darin ein. Ich schlüpfe in deine Haut, sagte sie, ich gehe dir unter die Haut. Dieses »du« brachte Simon noch mehr durcheinander.

Dieses leicht verzögerte »du« schien daran zu erinnern, dass etwas passiert war. Schien es auszusprechen, zu bestätigen. Es ließ sich nicht mehr daran zweifeln. Wie in jenem

Film, der Simon wieder einfiel. Vor der Nacht siezen sich zwei Liebende. Für die Nacht verliert man sie aus den Augen. Nach der Nacht duzen sie sich. Man begreift, dass sie sich geliebt haben. Das ist elegant, diskret, es spielte in einem Zug.

Ich nehme den nächsten nicht, sagte Simon. Debbie strich sich das nasse Haar glatt und streckte sich dann auf dem Handtuch aus. Die Sachen stehen dir gut, sagte sie. Hörst du? Ja, sagte Debbie, ich höre, dass du bei mir bleibst. Nein, sagte Simon, Suzanne kommt zu uns, zu mir und damit auch zu dir.

Sie kommt. Sie kommt bald. Mit dem Wagen. Sie wird gegen 18 oder 19 Uhr hier sein. Sie will, dass ich aufhöre, Züge zu verpassen. Sie weiß es. Sie hat gespürt, verstanden, wenn ich hier bleibe, bei dir, werde ich sie immer weiter verpassen, dann fängt alles von vorn an. Sie hat Angst.

Debbie fragte: Wie spät ist es? Simon, der neben ihr saß, beugte sich vor, streckte den Arm nach seiner Jacke aus, suchte in einer Tasche, zog seine Armbanduhr heraus, verkehrt herum, er drehte sie um, dann, mit gesenktem Kopf: 13.45 Uhr.

Debbie sagte: Fein, dann haben wir noch vier Stunden, vielleicht sogar fünf. Sie richtete sich auf: Küss mich. Er küsste sie. Und als er sie küsste, kam ihm dieser seltsame Gedanke. Ich weiß nicht, woran es lag, erzählte er mir, vielleicht am Geschmack der Lippen, dem Salz, der wieder zum Vorschein gekommenen Sonne, der Hitze, der stillstehenden Zeit. Welcher Gedanke?, fragte ich.

Der Gedanke, dass diese vier Stunden Freiheit immer existiert hatten, dass sie nie angefangen hatten und daher auch nicht aufhören konnten, ein Ende ohne Ende, gewissermaßen, ein Anfang ohne Ende. Er habe gedacht: Ich habe dich immer geliebt.

Sie fragen. Debbie. Er war versucht, es zu tun. Um zu wissen, ob auch sie es spürte. Verzichtete darauf, wagte es nicht. Die Angst, sie nein sagen zu hören. Eigenartig, sagte sie, dieses Gefühl, dich schon seit je zu kennen, so etwas habe ich noch nie empfunden. Sie blickte sehr ernst aufs Meer. Was wollen wir machen, fragte sie, mit diesen vier, vielleicht fünf Stunden?

Beim »vielleicht fünf« musste sie lachen. Sie sah Simon an, zeigte ihm ihr Lachen, dann ihr Lächeln: Was möchtest du gern? Die Flut steigt, sagte Simon, sie kommt bald hier an, gehen wir: Was meinst du, ob du mir eine Unterhose kaufst?

15.

Bei mir war auch Samstag. Bei mir war das Wetter auch schön. Anfang Juni sind das Haus und der Park wirklich herrlich. Mit dem Sommer kommen auch die Freunde wieder. Nur die ganz alten, die wenigen Getreuen, machen sich auch im Winter auf den Weg. Simon gehörte zu diesen Wenigen. Diesen insgesamt zwei oder drei. Nicht mal. Ein oder zwei. Eigentlich war er der Einzige, der bereitwillig in meinem großen und schlecht geheizten Haus fror. Es war übrigens Winter, als er zu mir kam, um mit mir über seine Heirat mit Debbie zu sprechen. Er wollte meine Meinung dazu hören.

Auch Suzanne wollte meine Meinung hören, als sie um 13.30 Uhr anrief. Ich konnte mich nicht recht auf sie konzentrieren. Ich hatte Gäste. Die sich ab Juni wieder meiner Existenz erinnern und sich sagen, dieses lange Wochenende könnten wir doch prima auf dem Land verbringen. Ich freue mich über ihren Besuch. Ich langweile mich, so allein im Schnee.

Jeanne hatte das Gespräch angenommen, dann holte sie mich. Ich folgte ihr in ein Nebenzimmer. Die nächstgelegene Möglichkeit zu ein wenig Privatheit. Es ist Suzie, sagte sie, sie wirkt aufgebracht. Sei nett zu ihr, red mit ihr. Simon ist immer noch nicht wieder zu Hause, dachte ich und nahm das Telefon.

Suzie hatte mich schon zweimal aus demselben Grund angerufen. Ich fühlte mich sehr unwohl. Nämlich gespalten. Ich freute mich für Simon, Suzanne tat mir Leid. Sie hat Recht, sagte ich mir und verstand zugleich Simon.

Simon ging ein vor Traurigkeit, das lag auf der Hand, aber zugleich schien ihm das Leben, das er führte und schon so lange führte, dieses Ingenieurleben, ich wage es kaum auszusprechen, absolut zu liegen.

Die so genannte Berufung täuscht uns immer wieder. Ich weiß, wovon ich rede. Man glaubt sich für die eine Sache geschaffen. Man ist es für die andere. Und selbst das nicht unbedingt. Ich zum Beispiel, ich habe immer Schriftsteller sein wollen und bin Maler. Nun, lassen wir das.

Ein nüchternes, gesundes Leben. Er hatte dem Jazz den Rücken gekehrt. Nährte sich ausschließlich von klassischer Musik. Er habe, so sagte er mir, das entdeckt, was er die Schönheit in der Musik nannte und was, seiner Auffassung nach, nicht im Jazz zu finden sei.

Ich war überhaupt nicht seiner Meinung. Wenn ich Charlie Parker *Lover Man* spielen höre, sagte ich ihm, oder Coltrane *Naima* oder Ornette Coleman *Lonely Woman*, dann ist es genau das, was ich höre, Schönheit.

Nein, antwortete Simon. Er sagte: Das ist bewegend, sogar verstörend, aber schön, nein, keinen Augenblick lang habe ich dieses Gefühl, die Schönheit, die ich meine, gehört in eine andere Empfindungswelt.

Die ganze Nacht redeten wir darüber. Er brachte mich auf, er störte mich in unseren Gewohnheiten, und das machte mir Kummer, muss ich gestehen. Er entglitt sich, er entglitt mir, und das war mir zuwider. Sein Empfindungsvermögen hatte einen anderen Weg gefunden, das verstimmte mich. Ich wollte, dass er ein Jazzer war und sonst nichts. Sozusagen an meiner statt. Vielleicht träumte ich davon, Jazzmusiker zu sein. Nicht Maler oder Schriftsteller, Jazzmusiker.

Ich schweife ab, mögen manche meinen. Nein, sage ich ihnen. Wäre ich in Bezug auf Simon weniger gespalten gewesen in meinem ewigen Neid auf ihn, wäre ich sicher Suzanne gegenüber fester aufgetreten.

Lass ihn ein wenig in Ruhe, hätte ich ihr gesagt, hätte ich ihr sagen sollen: Lass ihm Luft zum Atmen, lass ihn leben, lass es ihn versuchen, er muss sich vergewissern, ob er nicht einen Fehler gemacht hat. Stattdessen sagte ich ihr: Du hast Recht, hol ihn ab.

Und noch etwas zu meiner Entlastung. Ich spreche mich so gern frei. Ich musste mich einfach daran erinnern, dass Simon zehn oder fünfzehn Jahre zuvor ohne sie, Suzanne, ohne ihr Handeln, ihre prompte Reaktion, ohne ihre Rettungsaktion zweifellos in jenem schäbigen kleinen Zimmer gestorben wäre, sturzbetrunken und mit Drogen voll gestopft hätte er sich umgebracht, und deshalb wiederholte ich noch einmal vor dem Auflegen: Ja, meine liebe Suzie, hol ihn schnell ab.

16.

So schnell wie möglich. Mit so wenigen Unterbrechungen wie möglich. Gar keiner, wenn möglich. Es war möglich. Tags zuvor hatte sie voll getankt. Sie würde nicht nachtanken müssen. Der Wagen hatte einen geringen Verbrauch und Suzanne eine sparsame Fahrweise. Sie praktizierte, was Simon den Taxifahrerstil nannte.

Aber die Nerven lagen trotzdem blank. Sie konnte ihre Reisetasche nicht mehr finden. Die kleine für die kurzen Reisen. Als sie endlich gefunden war, wusste Suzanne nicht, was sie einpacken sollte.

Simon war ganz ohne Gepäck losgefahren. Er braucht Sachen zum Wechseln, dachte sie. Falls er sich schmutzig macht. Ich packe eine Hose ein. Dann, als sie Unterwäsche aus Simons Schublade holte, T-Shirt und Unterhose, stieß sie auf eine alte Badehose, eine rote, wenn ich nicht irre.

Ich bringe ihm seine Badehose mit, dachte sie, falls er Lust hat, schwimmen zu gehen. Und ich? Nehme ich meinen Badeanzug mit? Nein, ich bin zu hässlich. Ich habe keine Lust, meine dicken Oberschenkel zur Schau zu stellen. Oder doch, warum nicht, ich packe ihn trotzdem ein. Man kann nie wissen. Falls wir ein stilles Eckchen finden.

Die Vorstellung, mit Simon im Meer zu schwimmen, begann ihr zu gefallen. Sie vergaß die Gefahr. Simon war nicht mehr in Gefahr. War es nie gewesen. Wäre er es, dann wäre sie schon da, dort unten, bei ihm.

Sie packte auch etwas zum Wechseln für sich selbst ein. Dachte an Simons Rasierapparat. Seine Zahnbürste. Ihre eigenen Kosmetika. Make-up und so weiter. Schloss die Tasche. Stützte die Hände in die Hüften und dachte nach.

Ach ja, der Kater. Sie machte sich Gedanken um Dingo. So hieß der Kater. Ihr Sohn, Jamie Nardis, hatte ihn Dingo genannt, weil er sich als ganz kleines Kätzchen aufführte wie ein Verrückter, wie alle kleinen Katzen, stimmt, ja, aber dieses.

Suzanne ging davon aus, dass sie etwa achtundvierzig Stunden unterwegs sein würde. Sie rief ihren Sohn an und bat ihn, sich um Dingo zu kümmern. Ihn zu füttern. Die Streu im Katzenklo zu wechseln. Ihm Gesellschaft zu leisten. Dingo hasste es, wenn man ihn allein ließ.

Nein, sagte sie, dein Vater ist noch nicht zurück. Er hatte noch keine Lust, nach Hause zu kommen. Es gefällt ihm am Meer. Er hat mich gebeten, zu ihm zu kommen. Ich fahre hin. Gleich fahre ich los. Deshalb rufe ich an.

Das ist alles ein wenig überstürzt, aber wenigstens einmal könntest du dich um den Kater kümmern, schließlich gehört Dingo dir, du hast ihn so getauft, nicht ich, du hast ihn mir dagelassen, als du ausgezogen bist, angeblich um, nun ja.

Ja, ich weiß, wir wollten deine Großmutter besuchen. Ich habe sie angerufen. Ich habe ihr gesagt, deinem Vater gehe es nicht gut. Sie hat Verständnis. Wir besuchen sie nächstes Wochenende.

Hast du die Schlüssel?

Die Adresse und die Telefonnummer vom Hotel lege ich nebens Telefon. Wie geht's Anne?

Jamie Nardis sah Anne an. Mein Vater fängt wieder an mit seinen Geschichten, sagte er. Suzannes und Simons Sohn war zu Hause ausgezogen. Wegen mentaler Grausamkeit. Unverträglichkeit der Stile. Er, das bedeutete rasierter Schädel, Hard Rock und T-Shirts mit Totenköpfen. Seine Eltern, das bedeutete geordnetes Leben, sonntägliche Besuche bei der Großmutter, Ruhe, klassische Musik. So konnte es nicht weitergehen. Gegen regelmäßige Unterhaltszahlungen war er ausgezogen.

Er schloss gerade ein langes Studium ab. Wenn man es genau wissen wollte, er schrieb seine Doktorarbeit. War mit Anne zusammengezogen. Eine brillante junge Frau. Ein nettes Mädchen. Eine hübsche Brünette, die sich bereits ihren Lebensunterhalt verdiente. Anne sah Jamie an. Sie dachte: Hoffentlich ist er nicht wie sein Vater.

Simon stand mit Debbie im Laden und musterte ein Unterhosenmodell. Francine, die Verkäuferin in der Herrenabteilung, betrachtete Simons neue Hose mit den aufgekrempelten Beinen. Sie überlegte, ob sie ihm anbieten sollte, sie rasch zu säumen. Wenn er mit der Unterhose fertig ist, dachte sie. Simon prüfte sie von allen Seiten. Die müsste gehen, dachte er, aber, noch im Zweifel:

Darf ich sie mal anprobieren? Natürlich, sagte Francine, da ist die Kabine. Simon zog sich mit der Unterhose in die Umkleidekabine zurück. Zwei Minuten später tauchte er, puterrot, ohne sie wieder auf. Ich behalte sie gleich an.

Francine konnte nicht sagen: Sie haben einen sehr guten Geschmack, Monsieur. Oder: Das steht Ihnen aber besonders gut. Oder: Sie hätten keine bessere Wahl treffen können, Monsieur. Sie konnte nichts sagen. Sie sah Simon an und seine leeren Hände. Dann verlagerte sich der staunende Blick auf den Vorhang der Umkleidekabine. Suchen Sie nicht nach ihr, sagte Simon, sie trocknet gerade auf einem Felsen.

Sie trocknete nicht mehr. Sie trieb. Die Flut hatte sie mitgenommen. Sie trieb grauweiß wie nasses Papier und fließend wie eine Qualle. Es war 14.10 Uhr. Der Zug des Vergessens rollte Richtung Paris.

Das Meer, hoch aufgelaufen, platt, getrübt von Algen, Holzstücken, hier und da von Farbtupfern, hier schwarzer Teer, da ein über Bord geworfener gelber Kanister, das Rot einer gekenterten Wanne, schien den menschenleeren Strand zu fragen: Was soll ich damit anfangen? Lass alles liegen, antwortete der Strand, wir räumen's schon weg.

Debbies Cabrio, deutsch und blau, wartete längs zur Düne, mindestens ebenso elegant wie ein flirtendes, nüsternreibendes Flaubertsches Pferdegespann.

Steigt es noch oder geht es schon wieder zurück?, fragte Simon. Ich weiß nicht, sagte Debbie, ich glaube, es geht schon wieder zurück. Simon sah seine Unterhose im Wasser treiben. Auf der Rückfahrt, dachte er, könnten wir bei der Großmutter vorbeischauen. Debbie nahm seine Hand.

17.

Suzanne hasste Wald. Sogar meinen Park auf dem Lande, der an sich schon ein kleines Wäldchen ist, mied sie, noch nicht einmal in Begleitung wagte sie sich hinein. Simon hingegen liebte ihn. Meine Frau Jeanne ging mit ihm darin spazieren. Suzanne blieb bei mir. Wir plauderten. Ich betrachtete sie. Ich fragte mich, warum sie Angst hatte und vor allem, wovor. Sicher eine alte Geschichte, sagte ich mir, ein alter Albtraum, die Geschichte von einem im Wald verirrten kleinen Mädchen. Frag sie, sagte ich mir.

Sie antwortete mir, sie hasse es, sich gefangen zu fühlen, nicht verirrt, gefangen. Wer keinen Ausweg mehr aus einem Wald finde, laufe durchaus Gefahr, dort gefangen zu bleiben, gab ich zu bedenken. Natürlich meinte ich es nicht als Metapher für die Ehe, doch Suzanne reagierte so darauf: Selbst bei Simon, sagte sie mir, wenn er mich festhält, mich fest in den Armen hält, ertrage ich es nicht, ich ersticke, ich bekomme Angst.

Und entsprechend schmerzlich ist mir der Gedanke, dass meine kleine Suzie ihre letzten Stunden als Gefangene eines Waldes erlebte. Sie muss sehr große Angst gehabt haben. Vielleicht aber auch nicht. Vielleicht war sie auf der

Stelle tot. In jedem Fall nehme ich an, dass Stunden vergingen, bis sie von einem Autofahrer gefunden wurde.

Sicherheitsgurte, sie hasste es, sich anzuschnallen. Autobahnen, sie hasste sie, man entkommt ihnen nie, sagte sie immer, man sucht vergeblich ein Ende dieses ständig sich ergießenden Wildbachs, dieser einem unbekannten Abgrund entgegenstürzenden wütenden Raser.

Wie auch immer. Wäre sie doch auf der Autobahn geblieben, statt die Straßen zu nehmen, die sie als kleine Landstraßen bezeichnete, durch die Felder und über die Dörfer, und durch die Wälder.

Wie auch immer. Hätte sie sich angeschnallt, wäre sie nicht aus dem Wagen geschleudert worden, und außerdem und vor allem, fast hätte ich es vergessen, wäre Simon heimgefahren statt Dummheiten zu machen, na ja, lassen wir das.

Man weiß nicht, was geschehen ist. Ich kann mir zwei Möglichkeiten vorstellen. Sie muss einem Typen begegnet sein, der glaubte, er sei allein im Wald. Der fuhr wie ein Irrer. Der sich selbst Angst einjagte und daran berauschte. Sie hatte ihn plötzlich vor sich. Er kam aus der Kurve. Sie fuhr in die Kurve hinein. Beim Ausweichen kam sie von der Straße ab. Oder aber sie fuhr zu schnell, sie beeilte sich, ihre Waldphobie, sie wollte hinaus aus dem Wald, so schnell wie möglich.

Und außerdem sage ich mir, hätte dieser Mann, dieser Zeuge, nicht zum Pinkeln angehalten, wäre Suzanne in diesem verlorenen Winkel des Waldes unterhalb der Landstraße noch wer weiß wie lange liegen geblieben auf der kühlen Unterlage aus Efeu und Moos, ganz in der Nähe ihres Wagens, der in seinem Sturz die Böschung hinunter von den Bäumen gestoppt worden war.

Der Zeuge war nicht allein. Er rief seine Frau. Um ihr zu sagen, da liege ein umgestürzter Wagen in der Gegend. Komm und guck dir das an. Wo? Da unten. Beide kletterten hinunter, um sich das Ganze anzuschauen.

Sie fanden Suzie. Sie schien tot zu sein, doch man kann ja nie wissen. Wir müssen die Gendarmerie benachrichtigen. Ich fahr hin, sagte er, du bleibst bei ihr. Auf keinen Fall, sagte seine Frau, ich bleibe doch nicht ganz allein hier im Wald.

Anscheinend hatten sie einen Streit über ein Handy. Sie sagte: Siehst du, wenn du ein Handy hättest, könntest du von hier aus anrufen. Und ihr Mann sagte: Ja, aber die Nummer der Gendarmerie hätte ich trotzdem nicht gewusst, dafür weiß ich, wo sie ist, also fahr ich hin und du bleibst hier.

Es waren Leute aus der Gegend, die von einer Familienfeier kamen. Sie wird dich nicht fressen, fügte er hinzu, um seine Frau zu beruhigen, die jedoch erwiderte: Sie wird sich auch nicht in Luft auflösen, lass mich doch mit dir kommen.

Vielleicht war sie auch spät dran gewesen. Aber nein. Als ihr der Unfall zustieß, war sie etwa hundert Kilometer von Simon entfernt, und als die Gendarmen anriefen, war es 18 Uhr, und:

Bis sie geholt worden waren, Hin- und Rückfahrt, und sich um alles gekümmert hatten, war, sagen wir, insgesamt eine Stunde vergangen, der Unfall musste gegen 17 Uhr passiert sein. Sie war also nicht zu spät dran. Sie hat also auch nicht Stunden im Wald verbracht und zu Füßen eines Baumes auf der feuchten Erde gelegen. Man stellt sich etwas vor, man täuscht sich, füllt die Leerstellen mit eigener Erfindung, so machen es die Chronisten.

Ich wünschte, sie wäre mit einem Blick auf den Himmel über den Baumwipfeln gestorben und von dieser Vision eines Auswegs besänftigt worden. Es sei denn, sie wäre in jenem Augenblick verzweifelt, weil sie nicht mehr zu Simon zurückkehren konnte, aber nein, nichts dergleichen, gar nichts, sie war auf der Stelle tot.

18.

Der potenzielle Doktor der Genetik und nihilistische Rocker Jamie Nardis, Simons Sohn: Ich war gerade in die Wohnung meiner Eltern gekommen. Anne war dabei. Ich wollte nachsehen, ob meine Mutter alles richtig zurechtgemacht hatte für Dingo. So durcheinander, wie sie war. Wegen meines Vaters. Ich wollte mich vergewissern, dass alles gut gehen würde. Ich hatte meine Zweifel, sagte er, denn:

Dingo ist ein kapriziöser Kater. Er frisst nur aus einem tadellos sauberen Napf. Geht niemals ein zweites Mal auf dieselbe Streu im Katzenklo. Wenn seine Anforderungen in diesen beiden Punkten nicht erfüllt werden, ist er imstande, alles zu verwüsten. Was für die nächsten vierundzwanzig Stunden nicht auszuschließen war.

Anne und ich, sagte er mir, wollten auch wegfahren. Zu Annes Eltern. Ich hatte es meiner Mutter nicht gesagt. Es hätte sie verstimmt. Sie mag Annes Eltern nicht. Sagen Sie es nicht weiter. Sie behauptete, sie würden mich zu sehr lieben. Wie einen eigenen Sohn. Mein rasierter Schädel, meine Totenkopf-T-Shirts, ist ihnen alles scheißegal. Fass dich kurz, sagte ich ihm.

Kurzum, sagte er, um meiner Mutter das Schlimmste zu ersparen, hatten wir beide, Anne und ich, nach reiflicher

Überlegung beschlossen, Dingo zu Annes Eltern mitzunehmen. Sie sind nett. Sie hätten Verständnis gehabt. Ich weiß nicht, wie Dingo reagiert hätte. Wer weiß das schon bei ihm? Ob er Annes Eltern gemocht hätte? Das ist allerdings noch die Frage. Aber ist ja unwichtig, weil wir nicht hingefahren sind. Ich hatte gerade seinen Korb rausgeholt, da klingelte das Telefon.

Anne wagte das Gespräch nicht anzunehmen. Sie war hier nicht zu Hause. Sie kümmerte sich weiter um den Katzenkorb, und Jamie hob ab.

Monsieur Nardis? Eine verlegene, vorsichtige Stimme. Am Apparat, sagte Jamie. Zögernd: Ist das wirklich der Anschluss von Monsieur Nardis? Das sagte ich doch gerade. Die Stimme: Und ich habe die Ehre mit Monsieur Nardis? Höchstpersönlich, sagte Jamie, aber ich bin in Eile, wenn Sie zur Sache kommen könnten?

Die Stimme: Monsieur Simon Nardis? O nein, sagte Jamie, es ist sein Sohn, mit dem Sie die Ehre haben, und der ist in Eile. Die Stimme: Ihr Vater ist nicht da? Nein, sagte Jamie, er ist unterwegs, warum, worum geht es, und wer sind Sie überhaupt? Die Gendarmerie, sagte die Stimme.

Anne hatte den Korb fertig. Sie sah ihren Freund an. Fragte sich, was los war. Sah ihn forschend an. Jamie legte die Hand über die Sprechmuschel: Die Gendarmerie, sagte er. Anne und er sahen sich zwei oder drei lange Sekunden an, bis: Sind Sie noch da?, fragte die Stimme.

Ich bin noch da, sagte Jamie, mein Vater ist nicht da, aber ich bin da, was ist los? Es geht um Ihre Mutter, sagte der Gendarm. Jamie: Was ist mit meiner Mutter? Sie hat einen Unfall gehabt, sagte der Gendarm. Jamie: Wo? Der Gendarm umschrieb ihm die Stelle mit der Präzision maritimer Längen- und Breitenangaben. Wir haben den Wagen geborgen, sagte er. Jamie: Der Wagen ist mir egal. Er ist fahrbereit, sagte der Gendarm. Jamie: Und meine Mutter?

Die emotionalen Pole vertauschten sich. Die Stimme des Gendarmen wurde fest, laut. Jamies schwächer. Der Gendarm hatte keine Angst mehr. Jamie schon, es fing an. Der Schiss war vom Gendarmen auf Jamie übergegangen.

Sie wurde ins Krankenhaus gebracht. Der Gendarm nannte Ort und Krankenhaus, ein bestimmtes Krankenhaus in einem bestimmten Ort. Jamie: Ist sie verletzt? Antwort: Ja. Jamie: Ist es schlimm? Antwort: Ja, ziemlich. Jamie: Wie, ja, ziemlich, was soll das heißen? Antwort: keine Antwort. Jamie: So schlimm? Keine Antwort. Jamie: Ist sie tot, ist es das? Ja, sagte der Gendarm.

Annes Augen hatten alle Farben, alle Größen angenommen. Sie folgte dem Gespräch. Wenn man es so nennen kann. Sie hörte nur die Antworten.

Als Jamie sie wieder ansah, als er aufgelegt hatte und die Adresse des Krankenhauses noch einmal aufschrieb, diesmal sauber und lesbar, hatten Annes Augen unter der Lupe der Tränen die doppelte Größe erreicht.

Dingo hatte sich beim Anblick des Körbchens verdrückt. Schon beim Geräusch des Weidenkorbes. Er hasste es, im Korb zu reisen. Weidenkorb bedeutete Ferien oder Tierarzt. Nein, danke. Ich verdrück mich.

Jamie weinte nicht. Er hatte Angst. Sämtliche Fähigkeiten blockiert, das Gehirn außer Kontrolle, kämpfte er mit tausend Entscheidungen. Einfach so stehen bleiben, wie gelähmt, das wäre schön.

Nein. Er sah Anne an. Dann den Korb. Dachte Katze. Annes Eltern, dann kamen Worte: Ich muss Papa benachrichtigen, und du, sagst du deinen Eltern Bescheid, dass wir nicht hinfahren, kommst du mit? Natürlich, sagte Anne. Ruf sie an, während ich nachdenke, sagte er und begann im Kreis zu laufen.

Er sucht mich, dachte Dingo, der sich unter dem Sofa versteckt hatte. Dann fielen Jamie die Worte seiner Mutter wieder ein: Die Adresse und die Telefonnummer vom Hotel lege ich nebens Telefon. Er kehrte zum Telefon zurück.

Anne sprach mit ihren Eltern. Er umkreiste Anne. Er versuchte zu sehen, ob irgendein Zettel auf dem Tischchen lag. Anne unterbrach sich. Sie sprach mit ihrer Mutter: Was suchst du? Gar nichts, sagte Jamie. Er wurde wütend. Entfernte sich vom Tischchen und schrie: Sie hat überhaupt nichts hingelegt.

Und fing an, sie zu beschimpfen. Das machte er oft. Die Mutter als Sündenbock. War sehr aufbrausend und grob zu ihr. Er vergaß, dass sie tot war. Er konnte es nicht fassen, und der Gedanke, dass er nicht mehr seine Wut an ihr würde auslassen können, entfachte in ihm den unwiderstehlichen Drang zu schlagen, der sich in einem heftigen Fußtritt gegens Sofa äußerte.

Der darunter versteckte Kater kauerte sich noch mehr

zusammen. Rutschte rückwärts bis zur Wand. Er war nicht mehr zu sehen. Er dachte sogar, man würde ihn vergessen, und in der Tat, man vergaß ihn.

Anne, die ruhiger war, kam auf die Lösung. Jamie hatte in seiner Panik, oder sagen wir Überstürzung, den Zettel mit der Handschrift seiner Mutter vom Block gehoben. Und, statt ihn abzureißen, umgeschlagen und unter den Block geklemmt. Da ist er, sagte Anne, ich hab die Nummer vom Hotel, beruhige dich und ruf deinen Vater an.

19.

Es war 18.15 Uhr. Simon war nicht im Hotel, als sein Sohn anrief. Er hatte ein Zimmer reserviert, dasselbe, Nummer 12, mit der Absicht, Suzanne dort zu empfangen und mit ihr die Nacht dort zu verbringen, aber er war nicht in diesem Zimmer, als Jamie anrief.

Die Rezeption bestätigte die Reservierung. Es war der junge Mann vom Frühdienst, derselbe, der Simon über die Abfahrtszeiten der Züge informiert hatte und sich nun wunderte, dass er nicht abgereist war: Er ist dann doch nicht gefahren, sagte er zu Jamie, einem Jungen seines Alters: Er hat das Zimmer für eine weitere Nacht reserviert und erwartet Madame Nardis.

Das Gespräch hatte sich wie folgt angelassen, ziemlich abgehackt und unliebenswürdig: Monsieur Nardis ist im Augenblick nicht da. Er hat mehrmals angerufen. Um zu fragen, ob Madame Nardis angekommen sei. Wir erwarten sie gegen 19 Uhr. Spätestens, sagte mir Monsieur Nardis, sagte der junge Mann zu Jamie, der fragte:

Und wissen Sie, wo er im Augenblick ist, ich bin sein Sohn, er ist mein Vater, ich muss ihn unbedingt erreichen, es ist sehr wichtig. Wahrscheinlich am Strand, sagte der junge Mann, nehme ich zumindest an, das Wetter ist schön, er genießt gewiss die Seeluft.

Und ist sie weit weg, diese See, ich meine, dieser Strand, können Sie ihn nicht holen, fragte Jamie versuchsweise. Nein, tut mir Leid, ich kann hier nicht weg, bedauerte der junge Mann, aber was ich tun kann, ich kann ihn bitten, Sie anzurufen, wenn er das nächste Mal anruft, in einer halben Stunde ruft er wieder an, um zu erfahren, ob Ihre Mutter angekommen ist, ich meine Madame Nardis, ich nehme an, sie ist Ihre Mutter, Sie brauchen mir nur Ihre Nummer zu geben, und dann.

Zwecklos, sagte Jamie, richten Sie ihm nur aus, er soll sofort bei sich zu Hause anrufen, und zwar von seinem Sohn, ja, ich bin sein Sohn, was immer Sie denken mögen, und Madame Nardis ist meine Mutter.

Daran habe ich nie gezweifelt, antwortete der junge Mann liebenswürdig. Jamie Nardis legte auf und fragte sich, was sein Vater, Simon Nardis, Gatte seiner Mutter, Suzanne Nardis, eigentlich ganz allein in diesem Nest am Meer treiben mochte.

Dieser Ort war weder ein Nest noch ein Kaff. Sondern eine moderne Stadt, in der alles zu finden war. Banken, ein Kasino, drei Kinos, das macht vierundzwanzig Kinosäle, ebenso viele Filme, reichlich Restaurants, Hotels, Diskotheken und sogar ein Jazzclub. Eines Abends besuchte ihn Simon, um dort etwas zu trinken, und machte die Bekanntschaft von Madame Debbie Parker, Amerikanerin, Inhaberin des Clubs, Sängerin und hinreißende Frau.

Tags darauf, am Strand, gegen 14.45 Uhr, behauptete Debbie, sie habe Hunger. Simon schlug vor, essen zu gehen. Obwohl wir jetzt, zu dieser Uhrzeit, vielleicht nichts mehr bekommen, sagte er. Gehen wir zu mir, sagte Debbie. Ich habe keinen Hunger, dachte Simon, die fünf Croissants liegen mir immer noch im Magen, sicher wegen meines kalten Tauchbads, es stört die Verdauung, wenn man so viel Salzwasser schluckt, ich hätte mir denken können, dass es schmutzig war.

Debbie schritt schon durch den Sand davon. Den Schwimmbeutel über der Schulter, ging sie in ihrem blauen Kleid den Strand hinauf. Simon folgte ihr bis zum Wagen.

Lassen Sie mich ans Steuer?, fragte er. Wenn Sie wollen, sagte Debbie, aber ich dachte, wir duzen uns. Ach ja, stimmt, sagte Simon, also lässt du mich ans Steuer? Wenn du willst, sagte Debbie.

Bei Debbie stand ein Piano. Als Simon es sah, dachte er, es ist doch schön, eins im Hause zu haben. Man kann es berühren, ach ja, es streicheln, o ja, es anschauen, ach ja, und sogar darauf spielen.

Der schwarze Flügel nahm eine Ecke an einem Fenster des großen, hellen Raums ein, der insgesamt sehr karg möbliert war, nur ein Bücherregal, ein paar Kleinigkeiten und ein graues Sofa.

Als Simon es sah, das Piano, dachte er: Vielleicht hätte ich mich doch mit dem Gedanken anfreunden sollen, eins bei mir zu Hause zu haben. Dann stünde ich jetzt nicht hier, dachte er. Wo stündest du? Ich weiß nicht. Wahrscheinlich nirgends. Auf jeden Fall wäre ich jetzt nicht hier mit dieser Frau zusammen, die ich liebe, ganz klar, mehr als je eine Frau, aber ich liebe auch meine Frau und ich warte auf sie: Denk dran, im Hotel anzurufen, sagte er sich.

Ein Piano im Haus, das war Suzannes Einfall gewesen. Sie dachte: Anwesenheit des Instruments in der Wohnung: beugt jedem Rückfall, jedem Rezidiv vor: jedem Fluchtgedanken und allen Eskapaden.

Simon hatte nein gesagt: Bei mir gibt's nur alles oder nichts: Ich funktioniere nach dem Alles-oder-Nichts-Prinzip, genau wie ein alter Heizkessel: Wenn ich nicht alles haben kann, will ich gar nichts mehr. So war Simon. Kehrte allem den Rücken.

Dabei war er ein guter Blattspieler, ein hervorragender Pianist, er hätte sich Noten kaufen können, sich einfühlen, Bach und Bartók üben können, Haydn und Schubert, Ravel und Beethoven, Mozart und Schumann, oder Debussy, was weiß ich, ja, aber nein. Bei diesen Komponisten begnügte er sich mit dem Zuhören, er ließ sie sich von anderen Pianisten vorspielen. Ja, das ist es, er überließ anderen die Verantwortung fürs Spielen. Ich bin, was ich immer war, sagte er mir, verantwortungslos.

Welch ein Jammer. Nun ja. Debbie spielte täglich auf dem ihren, allein, zu ihrem eigenen Vergnügen. Sie begleitete sich zu Songs wie *Love for Sale* oder *Never Let Me Go.*

Simon hörte gar keinen Jazz mehr. Hätte er einen Flügel in seiner Wohnung gehabt, hätte er gewiss auch darauf gespielt, Jazz, und irgendwann hätte er genug davon gehabt, allein zu spielen, er hätte nach einem Kontrabassisten verlangt und nach einem Schlagzeuger, ganz sicher, und die konnte Suzanne ihm nicht verschaffen, also hätte er sie sich selbst gesucht, dort, wo solche Leute sind, er wäre in seine Rhythmusgruppe zurückgekehrt, in sein natürliches Milieu, und bestimmt wäre er wieder jener tödlichen Mischung verfallen, tödlich für ihn und einige seinesgleichen: Nacht, Jazz, Alkohol, Drogen, Frauen, Jazz, Nacht.

20.

Die Noten standen auf dem Notenhalter. Debbie bereitete sich in der Kochnische ein französisches Essen zu. Sie kochte sehr gut. Das sollte Simon erst später auffallen. An jenem Tag war es nur eine Kleinigkeit, eine kleine Zwischenmahlzeit. Der Duft ihres Omeletts verbreitete sich in dem großen Raum. Simon improvisierte über *Never Let Me Go.*

Solche Dinge passieren. Alles geschah, als hätte er überhaupt nicht auf die Bedeutung des Titels geachtet. Verliebt swingend spazierte er durch die feinen Voluten dieses Stücks, und dann richtete er irgendwann den Blick auf die Noten, entzifferte die Wörter und übersetzte sie sich ungefähr mit: *Lass mich niemals fort.* Plötzlich beklommen, dachte Simon: Vergiss nicht, im Hotel anzurufen. Wie spät ist es? 15.30 Uhr. Suzanne war auf dem Weg zu Simon.

Möchtest du mal probieren? Debbie schlenderte während des Essens durch den Raum und blieb hinter ihm stehen. Nein, danke, sagte er, ich habe keinen Hunger, nur ein Glas Wein bitte. Und genau in jenem Augenblick, ob es der Duft des Omeletts war, Debbies Stimme hinter seinem Rücken, die Schönheit des Flügels, der Zauber jener Melodie, das Licht im Raum, wahrscheinlich alles zusammen, dachte Simon, dass er nie nach Hause zurückkehren würde. Aber das ist noch nicht das Schlimmste.

Das Schlimmste sei gewesen, sagte er mir, dass er Suzannes Tod gewünscht habe, einen Tod, der alles geregelt, alle befreit hätte. Er sagte mir, das habe er gedacht, natürlich nicht im Ernst, aber als Lösung aller bevorstehenden Probleme und des schon bestehenden, des immer gleichen Konflikts.

Er sagte mir, ich habe mir gewünscht, dass sie bei einem Verkehrsunfall ums Leben kommt, und ich habe diesen Gedanken nie bereut, und als ich erfuhr, dass sie ums Leben gekommen war, habe ich ihr gedankt, ja, gedankt, das kannst du nicht verstehen, sagte er mir.

Ich glaube doch. Einmal mehr hatte Suzanne außerordentliche Großzügigkeit bewiesen, als hätte sie gedacht: Wenn es das ist, was du willst, wenn du meinst, dass du so glücklich wirst, befreie ich dich von mir, existiere ich nicht. Aber das hat Suzanne nicht gedacht. Sie war unterwegs, um Simon nach Hause zu holen, ihn zu schützen, ihn zu behalten, für sich zu behalten, das ist nur normal, natürlich.

Was sich da zusammenbraute, war Debbie bewusst und es war ihr nicht gleichgültig. Sie aß ihr Omelett, schlenderte mit dem Teller durch den großen, von Meereslicht erfüllten Raum, summte nebenher die Melodie mit, die Simon spielte, aber sie wusste, was sich da zusammenbraute. Vergiss nicht, sie anzurufen, sagte sie, und wenn sie da ist, trennen wir uns.

Nein, sagte Simon, ohne sein Spiel zu unterbrechen, als ließe sich sein Gefühl freier denken, wenn er sein Spiel nicht unterbrach, als ließe sich sein Gefühl in diesem Spiel ausdrücken: Nein, sagte er, wir trennen uns nicht, ich fahre wohl mit ihr zurück, aber wir trennen uns nicht, nie, nie mehr.

Debbies Lachen. Sie fand ihn rührend, so bezaubernd mit seinem nie mehr. Sie stellte den Teller auf den Flügel, lehnte sich an seinen Rücken, legte ihm die Hände auf die Schultern und küsste ihn mehrere Male aufs Haar. Zuletzt hatte das seine Mutter getan. Suzanne war auf dem Weg zu ihm. Denk dran, im Hotel anzurufen, sagte er sich.

Gegen 16 Uhr rief er ein erstes Mal an. Er wollte den jungen Mann an der Rezeption nur daran erinnern, dass Madame Nardis zwischen 18 und 19 Uhr kommen würde. Haben Sie es notiert?, fragte er. Ja, Monsieur, sagte der Junge. Und dann, fügte Simon noch hinzu und wiederholte damit, was er schon gesagt hatte und was sich übrigens von selbst verstand: Sollte Madame Nardis ein wenig früher ankommen, möchte sie im Zimmer auf mich warten, sie ist sicher sehr müde, Sie geben ihr doch den Schlüssel, nicht wahr? Gewiss, Monsieur, sagte der junge Mann.

Gegen 17 Uhr rief Simon ein zweites Mal an. Ein kurzes Gespräch. Keine Nachricht? Madame Nardis hat nicht angerufen? Nein, Monsieur. Ich rufe in einer Stunde wieder an.

Zwischen 16 und 17 Uhr versuchte Debbie noch einmal, Simon zur Liebe zu verlocken. Nein, nicht noch einmal, das erste Mal hatte sie nichts versucht. Sie wollte ihn unter dem

Vorwand dazu verlocken, dass sie sich wahrscheinlich nicht wieder sähen. Simon, recht beunruhigt, lehnte unter dem Vorwand ab, in seinem Alter sei zweimal am selben Tag zu viel verlangt. Debbie fand Simons Antwort nicht nur ordinär und rührend, sondern auch irrig. Sie machte sich daran, ihn von seinem Irrtum zu überzeugen.

Dann hatte er Hunger. Auch so ein Omelett, verlangte er. Das gleiche. Debbie hatte keine Eier mehr. Zu dumm, sagte Simon. Ich geh und hol welche, sagte Debbie. Aber nein, sagte Simon, nicht doch. Darauf überlegte Debbie kurz, dann sagte sie: Wie wäre es mit einem Stückchen Lachs? Darauf Simon: Mit einem Glas Wein, weiß, trocken und kühl, und auf dem Fisch ein wenig Dill, wäre das möglich? Aber ja, mein geliebter kleiner Simon, antwortete Debbie und gab ihm einen Kuss als Trost fürs Warten.

Das Glück traf ihn mit solcher Wucht, dass er aufs Sofa fiel. Vor lauter Angst, der Augenblick könne vergehen, wagte er nicht mehr zu denken. Er hielt sein Denken an, wie man den Atem anhält.

Als das nicht mehr möglich war, weil sonst sein Gehirn erstickt wäre, als sein nach Sauerstoff ringendes Gewissen ihn daran erinnerte, dass er anrufen musste, protestierte er rüde: Ja, ja, ich weiß, ich weiß, du brauchst mich nicht daran zu erinnern.

Etwa in diesem Augenblick wünschte sich Simon, der sich dermaßen gut fühlte, Suzanne möge nicht ankommen. Und etwa zu dieser Uhrzeit starb Suzanne.

Gegen 18.15 rief Simon wieder im Hotel an. Suzanne

war nicht mehr auf dem Weg zu ihm. Der Zug, den er hätte nehmen sollen, war schon längst in Paris. Dann noch einmal, wieder eine halbe Stunde später, also etwa 18.45 Uhr.

Der Junge wollte gerade seinen Dienst beenden. Ich habe eine Nachricht für Sie, sagte er. Ach ja?, fragte Simon, hat Madame Nardis angerufen? Nein, Madame Nardis hat nicht angerufen, aber Ihr Sohn, Monsieur Jamie Nardis, er ist doch Ihr Sohn? Hallo? Sind Sie noch da?

Debbie sah Simon an. Auch er sah sie an. Ja, sagte er, ich bin noch da, entschuldigen Sie, ich dachte gerade nach. Also mein Sohn hat angerufen. Und? Was wollte er?

Das weiß ich nicht, er sagte nur, Sie sollten ihn dringend bei sich zu Hause zurückrufen. Simon: Soll ich ihn zurückrufen oder bei mir zu Hause anrufen? Der junge Mann: Er hat lediglich gesagt: Sagen Sie ihm, er möchte sofort bei sich zu Hause anrufen, das scheint mir doch eindeutig, oder? Ja, sagte Simon, danke.

21.

In Simons Wohnung in Paris herrscht Stille. Nicht Leere. Anne und Jamie und Dingo sind da. Stille. Nicht Lautlosigkeit, man hört den Boulevard, gedämpft durch sechs Stockwerke Abstand und drei Doppelglasfenster. Stille als Schweigen. Es ist fast 19 Uhr. Dingo, immer noch unter dem Sofa versteckt, wird sich vielleicht hervorwagen. Das Telefon klingelt.

Anne und Jamie sehen sich an. In diesem Blickwechsel liegt alles, was sie sich Beruhigendes gesagt haben, alles, was sie gedacht, jedoch nicht gesagt haben, um sich nicht gegenseitig zu quälen, und alle Worte und Gedanken in Richtung auf das Telefon zielten ausschließlich darauf ab, es klingeln zu hören. Und nun klingelt es. Und jedem wird bei diesem Blick in die Augen des anderen klar, dass die Unruhe zwischen ihnen mit einer Frage kämpft, die sie beide in der gerade abgelaufenen knappen Stunde nicht zu stellen wagten:

Wie wird er, wie werde ich es ihm beibringen? Das Telefon klingelte. Simon in dem hellen Zimmer zum Meer wurde allmählich ungeduldig. Er war kurz davor aufzulegen. Soll ich rangehen?, fragte Anne. Das Gesicht in Auflösung, erwiderte Jamie Nein, ich tue es schon. Er näherte sich dem Telefon. Als er abnahm, durchfuhr ihn ein Gedanke: Und wenn ich ihm nicht die Wahrheit sage?

Ja, warum nicht? Nur dass eine Lüge, eine echte, die schön ist wie die Wahrheit, damit sie hält und dauert und bis ans Ende aller Generationen allem trotzt, vorbereitet sein will, fein ausgearbeitet, sonst stolpert früher oder später doch die Sprache darüber.

Jamie zum Beispiel hätte ohne große Hoffnung improvisieren und seinem Vater sagen können: Bleib, wo du bist, zurückzukommen wäre zwecklos, Maman ist mit einem Argentinier auf und davon, sie hatte genug von dir, sie hat mir aufgetragen, es dir zu sagen, du kannst dich ruhig weiter rumtreiben, saufen, Jazz spielen, Maman kommt nicht.

Dingo streckte die Nasenspitze unter dem Sofa vor und sah, dass der Korb noch nicht weggeräumt war. Er verschwand wieder in seinem Versteck.

Hallo, meldete sich Jamie. Ich bin's, Papa, sagte Simon, du hast mich angerufen, wusstest du, wo ich bin? Ja, sagte Jamie, Maman hat mir die Nummer deines Hotels dagelassen. Aha, sagte Simon, sehr gut, aber sag mal, warum rufst du mich an, was ist los, deine Mutter kommt nicht, warum ruft sie nicht selbst an, ist sie mit ihrem Chef auf und davon?

Jamie: Das würde dir so passen. Stimmt, mein Junge, sagte Simon, das würde mir passen, soll ich dir sagen, warum? Nein, sagte der Junge. Ich sage es dir trotzdem, gab der Vater zurück: Ich habe hier eine außergewöhnliche Frau kennen gelernt, die Frau, bei der man sich sagt, das ist die Frau meines Lebens, und seither habe ich nur noch einen Gedanken im Kopf, sie heiraten und dann.

Und dann was?, fragte Jamie. Und dann wieder Klavier spielen, neu anfangen, meinen Beruf wieder ausüben, sagte Simon, verstehst du das? Ja, sagte Jamie, verstehe ich, aber was soll ich dann Maman sagen? Die Wahrheit, sagte Simon, einfach die Wahrheit. Und wollte noch hinzufügen: Aber das musst doch nicht du ihr sagen, das ist meine Sache. Er hörte ein Geräusch, als wäre das Telefon hingefallen.

Anne übernahm das Gespräch. Sie griff nach dem Telefon, das ganz warm war und nass von Schweiß und Rotz und Tränen. Jamie konnte nicht aufhören zu schniefen. Der Kleine hat Schnupfen, dachte Simon. Hallo, Monsieur Nardis, sagte Anne, ich bin's, Anne. Ach, Sie sind's, sagte Simon, guten Tag, meine liebe Anne, was ist da eigentlich los, warum telefonieren Sie jetzt mit mir, ist er böse?

Nein, sagte Anne. Also was hat er denn dann, er putzt sich dauernd die Nase, hat er Schnupfen? Er weint, sagte Anne. Meinetwegen? Das war nur ein Scherz. Ich weiß, sagte Anne, auch mit mir treiben Sie immer nur Ihren Scherz, aber das ist nicht der Grund, warum Jamie weint. Simon: Warum also, sagen Sie mir nun endlich, was los ist?

Anne spürte, wie ihr der Mut zerfloss, ein Gefühl von sich leerendem Körper, auch sie würde gleich weinen. Man tat ihr weh. Ihr Widerspruchsgeist erwachte, sie beschloss, schonungslos und schnurstracks zur Sache zu kommen, oder zumindest fast:

Suzanne hatte einen Unfall, sagte sie. Das wundert mich nicht, sagte Simon, sie fährt wie der letzte Henker, und dann dieser Einfall, mich hier abzuholen, jetzt muss man ihr irgendwo aus der Patsche helfen, nehme ich an, wo ist sie? Im Krankenhaus, sagte Anne. Himmel noch mal, sagte Simon, hätten Sie mir das nicht eher sagen können?

Suzanne hatte einen Unfall, sagte er zu Debbie, sie ist im Krankenhaus. Ist es schlimm?, fragte er Anne. Die Wahrheit hatte nur einen kleinen Umweg genommen. Nun war sie fast am Ziel. Anne warf sich ins Gefecht. Oder warf vielmehr ihr Geschoss, um sich dann zu verkrampfen und zu beten, es möge möglichst wenig Schaden anrichten. Und in der Zeitspanne zwischen Abschuss und Aufschlag wartete sie, wie auf eine Explosion, auf Simons Reaktion.

Diese stieg aus dem Abgrund des Raums empor, in dumpfen, in äußerster Tiefe angeschlagenen Tönen, einem Zen-Grollen nicht unähnlich, das immer höher wurde, ein immer lauter wiederholter Fluch. Bald vernahm Anne grelle, wie gepfiffene Herr-im-Himmels. Und dann wurde es konfus.

In Paris und am Meer spielte sich in etwa dasselbe, dieselbe Szene ab. Dort, in Paris, Anne in Jamies Armen. Hier, am Meer, Simon in Debbies Armen. Dieselben Trostgesten. Nur dass die innige Umarmung in einem Fall, dem in Paris, legitim war. Am Meer hingegen:

Sie ist tot, sagte Simon immer wieder in den Armen Debbies, die ihn unmerklich wiegte wie ein Kind: Ist dir das klar? Ich bin bei dir, sagte Debbie, das sagt man ja immer, und nahm ihn noch fester in die Arme.

Sie war bei ihm, und Suzie lag ganz allein im Leichenkeller des Krankenhauses, ihre kalte Stirn wartete auf einen Kuss.

Die beiden Herren, Vater und Sohn, vereinbarten, sich noch einmal gründlich in den Armen der jeweiligen Liebsten auszuweinen und danach erneut zu telefonieren. Was hast du vor?, fragte Debbie Simon, bevor dieser seinen Sohn anrief. Ich muss hinfahren, sagte Simon, ich brauch ein Glas Wein, gibst du mir eins? Debbie gab ihm eins.

Simon gestand mir, in jenem Augenblick, dem Augenblick, als er sein Glas trank, und ebendeshalb, wegen dieses Glases, überkam ihn diese Aufwallung der Dankbarkeit gegenüber Suzanne. Skandalös, sagte er zu mir, ich dankte ihr dafür, dass sie mich freigab. Einsamer kann man nicht sein, dachte ich. Ich meinte natürlich Suzie, aber auch ihn.

Ich fahre dich, sagte Debbie. Simon rief Jamie an. Es muss etwa 19.15 Uhr gewesen sein. Die Uhrzeit spielt keine Rolle mehr. Ich frage mich trotzdem, wie das Licht in dem großen Zimmer am Meer gewesen sein mag. Auch in Paris muss es schön gewesen sein. Zu dieser Uhrzeit, zu dieser Jahreszeit, Anfang Juni, ist das Licht schön für jene, die bleiben und sich daran freuen können.

Man machte sich noch einmal Gedanken um die Uhrzeit, als zu klären war, wann man sich treffen wolle in dem Krankenhaus, in dem Maman liegt, wie Jamie zu seinem Vater sagte. In der Tat hatten die Paare keine gleichen Bedingungen, die Entfernungen waren unterschiedlich. Anne und Jamie mussten etwa 400 Kilometer zurücklegen, Simon und Debbie etwa 100. Was tun?

Simon riet seinem Sohn, bis zum nächsten Tag zu warten. Jamie weigerte sich. Ich fahre lieber jetzt gleich. Gut, sagte Simon, wie du willst, übrigens, ich fahre auch jetzt gleich, nicht wahr, Debbie? Mit wem sprichst du da?, fragte Jamie. Mit Debbie, sagte Simon, sie bringt mich im Wagen hin, und du, pass auf, fahr vorsichtig, hörst du?

22.

Vor dem Aufbruch zum Krankenhaus, sagte mir Simon, habe er an mich gedacht, während er durch das große Fenster schaute. Er war natürlich tief getroffen von Suzannes Schicksal, und doch hat er an mich gedacht. Niedergeschlagen von Suzies Tod und von der Freiheit betäubt, und doch hat er an mich gedacht. Verstört von dieser Nachricht, die vor ihn, ihm vor die Füße gefallen war wie eine Opfergabe oder auch eine Bombe und einen Krater hinterlassen hatte, den er jedoch zu umgehen gedachte, um weiterzumachen.

Mit dem Leben, sagte er mir, ich schaute aus dem großen Fenster, während ich auf Debbie wartete, die sich fertig machte, sie musste sich umziehen und noch ein paar Anrufe erledigen. Und in einem bestimmten Moment blickte ich nach links und sah im ausgebauten Dachgeschoss eines Gebäudes, eingelassen in die graue Fläche des Zinkdachs, ein Fenster mit einem grünen Rollo und darüber einen Streifen blauen Himmel mit einer weißen Wolke. Und trotz meinem kummergetränkten Glück oder meinem Kummer, der von einem Glück erhellt wurde wie ein bleierner Himmel von einem durchbrechenden Sonnenstrahl, dachte ich an dich, hm, wenn ich jetzt Maler wäre, dachte ich.

Ich bin fertig, sagte Debbie. Wir können sofort losfahren, wenn du willst, oder wann immer du willst, kommst du zurecht?

Ja, er kam zurecht. Ich komme schon zurecht. Im Augenblick jedenfalls, dachte er. Er fürchtete sich davor, seine Suzie als Tote zu sehen. Als läge ich an ihrer Stelle da, dachte er. Weißt du, wo wir hinmüssen?, fragte er Debbie. Ja, sie wusste es. Umso besser, sagte er, denn ich. Sie bot ihm an, er könne fahren. Lieber nicht, sagte er.

Simon hatte den Porsche auf dem Rückweg vom Strand gefahren. Davon hatte er immer geträumt. Sieh an, schon ist es geschehen. Und ernsthafter hatte er immer davon geträumt, vor dem Ende seiner Tage eine große Liebe zu erleben. Sieh an, da ist sie, sie schaut ihn an, spricht mit ihm, fragt ihn: Fahren wir?

Er hatte außerdem seit zehn Jahren davon geträumt, wieder auf einem Klavier zu spielen. Voilà, es ist möglich. Und Suzie bei alledem? Das ist der Preis der Dinge. Seine Theorie vom Preis der Dinge. Er hat oft mit mir darüber gesprochen.

Debbie hatte sich umgezogen. Sie hatte sich als Junge verkleidet. In der Hose wirkten ihre Beine noch länger. Simon schämte sich seiner Bewunderung. So ist es eben, sagte er sich, ich zahle, jetzt schon zahle ich, ich werde zahlen, so viel ich muss, und eines Tages werde ich vielleicht Frieden finden, vielleicht.

Debbie drehte den Zündschlüssel um. France Inter, es ist 20 Uhr, sagte das Autoradio. Debbie brachte es zum

Schweigen. Idiotisch. Die Angst, man könne von Suzie berichten. Natürlich hätte das Autoradio nichts davon gesagt. Niemand wusste das mit Suzie.

Von ihrem nichtigen Unfall in einem nichtigen Wald hatte niemand gehört, außer Simon und Debbie, Anne und Jamie, Annes Eltern und dem Ingenieur: Ja, er hatte angerufen, um sich bei Simon zu bedanken, der ihn gerettet hatte, ihn, sein Wochenende, seine Frau und sein Töchterchen.

Und war an Nardis junior geraten. Mein Vater ist nicht da, sagte Jamie, er ist zu meiner Mutter unterwegs, seiner Frau, ins Krankenhaus, sie hatte einen Autounfall, sie ist tot.

Seine Frau ist bei einem Autounfall ums Leben gekommen, sagte der Ingenieur zu der seinen, stell dir mal vor, vielleicht bin ich daran schuld, meinst du, ich kann ihm Blumen schicken?

Es war 19.45 Uhr. Danach fuhren Anne und Jamie mit dem Kater los. Ja, Sie haben richtig gelesen, mit dem Kater. Es hatte sich nämlich etwas Ungewöhnliches zugetragen. Eigentlich trug sich sogar zweimal etwas Ungewöhnliches zu. Aber halten wir uns zunächst an das erste Mal.

Beim Aufbruch sahen Anne und Jamie Dingo unter dem Sofa hervorkommen und ins Körbchen springen. Ja, als hätte er verstanden, dass er Suzie nicht wiedersehen würde. Dass seine einzige Chance, sie wiederzusehen, in diesem Körbchen lag.

An das Weidengeflecht gedrückt, sah er Anne und Jamie an, als wollte er sagen: Macht bloß keine Geschichten, ich will da auch hin. Darüber fingen sie dann noch einmal an zu weinen, bevor sie das Körbchen zuklappten. Um 20 Uhr fuhren sie auf dem *boulevard périphérique* Richtung Autobahn zum Meer.

Debbies blaues Cabrio fuhr am Meer entlang. Im Augenblick konnte sie sich nicht vom Meer entfernen. Die Straße folgte dem Küstenverlauf. Es gab einen direkteren Weg, auf dem man das Binnenland hätte erreichen und durchqueren können, aber Debbie hatte so viel Schönheitssinn zu vermuten, nun, da der Abend hereinbrach und die Farben regelrecht schmerzhaft wurden, wäre die Fahrt über die Küstenstraße besänftigender für Simon.

In der Tat besänftigte sie ihn. Bequem in den Beifahrersitz gelehnt, betrachtete Simon durch das Gestrüpp der am Straßenrand wild wuchernden Pflanzen hindurch den Ozean, der sich langsam drehte und dem von einer Feuerscheibe, vermutlich der Sonne, noch ein wenig Leuchten abgezwungen wurde.

Und zum ersten Mal verließ Simon das Meer ohne Bitterkeit, er wusste, er würde zurückkommen, nicht im nächsten Jahr, wie sonst immer nach den Ferien, sondern bald, gleich, in wenigen Tagen, er machte nur einen Abstecher von ihm weg.

Er seufzte und begann, als sie das Meer verließen, Suzie ernsthaft zu beweinen. Er dachte, sie habe vielleicht nicht genug Zeit gehabt, ihr Leben an sich vorüberziehen zu lassen. Er ließ es für sie an sich vorüberziehen. Für sie und für sich. Und während Debbie, jetzt über Land, fuhr, öffnete er die große Kiste mit Fotos, holte einen ganzen Stapel in allen Größen heraus und ordnete sie.

Ich muss einen Augenblick eingeschlafen sein, sagte er zu Debbie. Wieder wach, machte er sich Gedanken um die Katze. Fragte sich, was aus Dingo werden würde. Ob Jamie bereit wäre, ihn aufzunehmen. Ob Anne damit einverstanden wäre. Und sonst, dachte er.

Magst du Katzen? Nein, sagte Debbie, ich hab einen Horror vor ihnen, warum? Nur so, sagte Simon. Ist es noch weit? Bei diesen Worten sah er seinen Jamie vor sich, als er noch ganz klein war und unterwegs unablässig fragte: Wann sind wir da?

Er war wirklich nervig, sagte Simon. Wer?, fragte Debbie, dein Kater? Nein, der Kleine, kaum waren wir losgefahren, da ging es schon los, anfangs fand Suzanne es lustig, ich fuhr und ich sah sie an, als wollte ich sie fragen: Meinst du, der hält noch mal den Mund?

Wir sind da, sagte Debbie. Es war 21.30 Uhr. Im Krankenhaus schlief alles. So etwas ist wenig ermutigend, man stört. Und dann diese Wärme, wenn man hineingeht. Und dann dieser Geruch, nach Treibhaus, nach Vivarium.

Debbie sprach davon, Simon allein zu lassen. Bloß nicht, sagte Simon, nein, bitte, bleib bei mir, es sei denn, es macht dir etwas aus. Aber nein, sagte Debbie. Sie küsste ihn.

Die Frau am Empfang hatte wahrscheinlich gesehen, wie sie sich küssten. Gehören Sie zur Familie?, fragte sie.

Ich bin ihr Mann, sagte Simon. Die Frau nickte und sah Debbie an. Nicht der Mann dieser Dame, der Mann von

Madame Suzanne Nardis, Sie haben sie doch wahrscheinlich irgendwo untergebracht, wo ich sie sehen kann.

Simon wäre fast ohnmächtig geworden, als er in den kahlen Raum trat. Es war dunkel. Neonröhren sprangen an. Simon wandte sich zu der Frau um und fragte sie, warum sie das Licht ausgeschaltet habe. Dachten Sie, ich käme nicht mehr? Haben Sie sie im Dunkeln liegen lassen? Die Frau antwortete nicht, dann zog sie sich zurück.

Eine solche Stille. Die Neonröhren summten. Simon wurde noch einmal schwach. Debbie quetschte seine Hand in ihrer. Der Schmerz richtete ihn wieder auf. Er beugte sich vor. Meine kleine Suzie, sagte er. Er drückte ihr seine Lippen auf die kalte Stirn und wich dann in vagem Schrecken zurück.

23.

22 Uhr. Es war dunkel. Anne und Jamie hatten erst die halbe Strecke hinter sich. Jamie hasste das Fahren bei Nacht. Immer wieder sagte er: Ich sehe nichts. Um dann hinzuzufügen: Um wie viel Uhr sind wir da? Er sah Anne nicht an, während er mit ihr sprach. Wie hypnotisiert blieben seine Augen im Bann der Scheinwerfer. Anne antwortete ihm nicht mehr. Das sehen wir dann, hatte sie anfangs noch geantwortet und dann nichts mehr.

Du antwortest mir nicht? Ist dir das alles egal? Schläfst du? Es ist ja auch nicht deine Mutter, deshalb. Wenn es deine Mutter wäre, würdest du dir auch Gedanken um die Uhrzeit machen. Vor Mitternacht kommen wir nicht an. Das fühle ich. Hörst du? Ich fühle es. 23 Uhr, sagte Anne, 23.30 Uhr. Jamie: Meinst du, sie lassen uns zu ihr? Ja, sagte Anne, die haben die ganze Nacht auf.

Mit einem Mal hatte Jamie genug. Dingo in seinem Korb miaute unablässig. Jamie sagte: Hol ihn da raus. Wie jedermann weiß, klingt klägliches Miauen wie das Weinen kleiner Kinder. Unerträglich, wenn man müde ist und selbst leidet.

Befrei ihn, sagte Jamie, lass ihn raus, ich kenne ihn, er

legt sich dann auf die Rückbank, er ist sicher brav, nicht wahr, Dingo?, fragte er, ohne sich umzuwenden.

Anne drehte sich um und streckte den Arm aus. Der Korb war zu weit weg. Halt an, sagte sie, ich komm nicht dran. Nein, ich halte nicht an, mach den Gurt auf und sieh zu, wie du's hinkriegst, Scheiße, das kann doch nicht so schwer sein.

Sie waren von der Autobahn abgefahren. Sie mussten sie verlassen, um zu der Stadt abzubiegen, in der das Krankenhaus war. Jetzt fuhren sie auf kleinen Straßen. Mit schlechten Markierungen. Kaum beschilderten Kurven. Wenigen Wegweisern. Der erschöpfte Jamie hatte Angst, sich zu verfahren. Anne, halb über der Rückenlehne ihres Sitzes hängend, öffnete den Korb.

Kaum war er frei, stieß Dingo ein tiefes Miau aus, sprang auf Jamies Schulter und grub ihm die Krallen in den Hals. Jamie machte den ersten Schlenker. Vorsicht, schrie Anne. Sie versuchte sich wieder anzuschnallen. Jamie brachte alles wieder ins rechte Gleis und versuchte gleichzeitig den Kater loszuwerden, der immer noch seinen Hals bearbeitete.

Dingo, von den Schreien, der Nervosität, der extremen Spannung im Wagen in Panik versetzt, löste sich von Jamies Schulter und sprang auf den Boden, um sich unter seinen Beinen und dann unter seinen Füßen zu verstecken. Bei seinem Versuch, ihn zu verscheuchen, machte Jamie den nächsten Schlenker. Einen größeren. Der Wagen kam von der Straße ab. Es war nicht schlimm. Kein Graben, ebenes, freies Gelände. Sie kamen mit dem Schrecken davon.

Jamie, völlig aus der Fassung, öffnete seine Tür und stieg aus. Dingo nutzte die Gelegenheit und entwischte. Jamie sah ihn im Scheinwerferlicht fliehen. Komm her, du Knallkopf, brüllte er, kommt sofort her. Einen Augenblick lang versuchte er ihn zu verfolgen. Gab jedoch auf, außerhalb des Scheinwerferlichts herrschte Finsternis. Eigentlich auch egal, dachte er. Dann kehrte er zurück, setzte sich in den Wagen und weinte noch einmal vor Erschöpfung: Was soll ich meinem Vater sagen?

Dingo schlief bei Suzanne, wenn Simon über Nacht wegblieb. Er schlief mit ihr im Bett. Er schmiegte sich an ihren Bauch, in die Kuhle unter ihrer Hüfte. Und so fand man ihn, in dieser Kuhle. Diesmal wurde es im Rundfunk gemeldet.

France Inter, es ist 13 Uhr. Vor der Mittagsausgabe der Nachrichten eine kleine Geschichte, die ich sehr bewegend finde, und die, so hoffe ich, auch Sie rühren und, vielleicht, bessere Menschen aus uns allen machen wird.

Wir hören soeben, dass ein Kater namens Dingo, pechschwarz und mit rotem Halsband, anscheinend mehr als hundert Kilometer durch die Nacht gelaufen ist, um zum Leichenkeller des Krankenhauses zu gelangen, in dem seine bei einem Autounfall ums Leben gekommene Besitzerin lag.

An all jene, die heute Abend zurückfahren müssen: Seien Sie vorsichtig. Es wird ein blutiger Tag.

Jeanne, meine Frau, war in der Küche, als sie es hörte. Jeanne hört immer Radio, wenn sie in der Küche ist. Wir hatten Gäste, wie jedes Wochenende, wenn die Tage wieder milder werden.

Während des Mittagessens draußen in der frischen, nach Linden duftenden Luft, unter dem großen Sonnenschirm, fragte mich Jeanne zwischen zwei Vogeltrillern: Wie hieß noch mal der Kater von Suzie?

Die Originalausgabe erschien 2001 unter dem Titel
Un Soir au Club
bei Les Éditions de Minuit, Paris

Umschlaggestaltung:
Nina Rothfos und Patrick Gabler, Hamburg
Typografie: Renate Stefan, Berlin Verlag
Gesetzt aus der Quadriga durch Offizin Götz Gorissen, Berlin
Druck und Bindung: Friedrich Pustet, Regensburg
Printed in Germany 2003
ISBN 3-8270-0498-5

Jean Echenoz

DIE GROSSEN BLONDINEN

Roman

Aus dem Französischen von Hinrich Schmidt-Henkel

Eine gefährliche Blondine, ein dämonischer Schutzengel, ein Filmproduzent und Privatdetektive - in der Fernsehwelt verankert, unterläuft dieser Roman zugleich alle Muster des Abenteuerromans.

»Die Blondine als Fleisch gewordenes Paradox der Einheit von Oberfläche und Geheimnis ist genau der richtige Gegenstand für ein Schreiben, wie es Echenoz so könnerhaft-leichtfüßig pflegt ... Hier gibt es tausend vielversprechende Motive, die den Philologen im Leser herausfordern - aber es ist alles eitel, alles ein Spiel, freilich ein hochgradig vergnügliches. Nichts ist hier notwendig, aber alles so kraftvoll, so souverän inszeniert und charmant, dass man auf kein loses Ende verzichten möchte.«

SÜDDEUTSCHE ZEITUNG

»Unbeschreiblich ist Echenoz' Kunst, viel auszudrücken, ohne etwas zu sagen. Was kleinere Geister nicht zu Ende zu führen wagen, vergrößert er noch. Das ist amüsant und intelligent, nicht entweder U oder E, sondern sowohl als auch. Ein tolles Buch!«

MANNHEIMER MORGEN

BERLIN VERLAG

Jean Echenoz

ICH GEHE JETZT

Roman

Aus dem Französischen von Hinrich Schmidt-Henkel

Der 1999 mit dem wichtigsten französischen Literaturpreis, dem Prix Goncourt, ausgezeichnete Roman über einen Mann, der aus Langeweile und Lebensüberdruss seine Frau verlässt und das Abenteuer sucht.

»Er sieht alles, und sieht alles genau an, mit einem zugleich kannibalischen und gütigen Lächeln. ICH GEHE JETZT ist ein heiterer Text, spöttisch und lebendig.«

LE FIGARO

»Indem Jean Echenoz das Reale nach seinen absurden Substanzen abklopft, hält er uns einen Zerrspiegel unserer Gegenwart vor.«

SÜDDEUTSCHE ZEITUNG

»Seine Verführungskunst ist Echenoz' gefährlichste Waffe. Mit seinem außerordentlichen Können, einer Menge Charme und seltener Virtuosität gelingt es ihm, den Leser vom geraden Weg abzubringen.«

LE MONDE

BERLINER TASCHENBUCH VERLAG